ファラ
オーウェン

ナタリー
レオン
ジャック

悪徳領主の息子に転生!?

～楽しく魔法を学んでいたら、汚名を返上してました～ 3

米津

ぶんか社

C O N T E N T S

第九幕

サンザール学園高等部の生徒会室。

貴族の子女が多数通う学園の生徒会室とは思えないほど、質素な部屋だ。

ただし、質素とは言うものの、調度品《ちょうどひん》は最高級のものばかり。

例えば、部屋に入ってすぐにある、背の低い机を挟んで向かい合うように置かれたソファ。

見た目はシンプルだが、そこで使われている革は最高品質のものである。

ソファだけでも下級兵士の3年分の給料に匹敵する。

そんな生徒会室で会長の執務机の前に座るのがナタリー・アルデラートだ。

彼女は険しい表情をしていた。

「ナタリー、眉間《みけん》にシワが寄ってるぞ」

俺、オーウェン・ペッパーはソファに腰掛けながら、ナタリーに言葉を投げる。

「わかっているわ。でも、先生も面倒なことをするわよね」

「魔導団の視察のことですか？」

ナタリーの言葉に反応を示したのはシャロット・グリーンだ。

庇護欲《ひごよく》をそそるような可愛い顔をしており、エメラルドを彷彿《ほうふつ》とさせる緑の髪が目を引く。

俺やナタリーは現在、高等部2年であり、シャロットは俺らの1つ下である。

「そうよ。なにも、よりによってこの時期に来なくてもいいのに」

ナタリーはため息を吐《つ》く。

「先生も断れなかったんだよ」

生徒会メンバー、書記のエミリア・トーテムが口を挟む。

「3日後に交流会があるのよ。どうして魔導団が来るのかしら……」

「今年は豊作だからじゃないですか？」

「豊作？」

「先輩たちの世代は全体的にレベルが高いって有名ですよ。私たちの落ちこぼれ世代と違って」

「シャロットの代は……」

とナタリーが何か言おうとするが、言葉が見つからないようだ。

「慰めなんていりませんよ。正直、私のクラスもやる気のない人ばかりでうんざりしていますから」

「でも、シャロットは魔法工学の分野では俺たちよりも優秀だろ」

「まあ……あれは好きだから、ですけど」

シャロットは照れながら頬を掻《か》く。

魔法工学は今最も熱い研究分野と言われており、シャロットは独学で学んでいるらしい。

彼女は学園の先生よりも魔法工学に詳しいと言われている。

「交流会の準備を早めに進めておいて良かったね。じゃなきゃ、今頃仕事に忙殺《ぼうさつ》されていたよ」

エミリアの言葉に俺も同意する。

なんだかんだ言って、こうして話していられる時点で俺たちには余裕がある。

「そうね……とりあえず魔導団に関しては私たちが関与することではないわね。3日後の交流会に向けて頑張りましょう」

ナタリーの言葉に生徒会メンバーは各々《おのおの》頷き、交流会の準備を進めた。

◇◇◇

翌日の午前。

魔導団の視察隊がAクラスの教室を訪れた。

視察隊は2人、その中の1人はユリアンだった。

ナタリーを一瞥すると、彼女は顔を引き攣《つ》らせてユリアンを見ていた。ナタリーは未だにユリアンに対する苦手意識を持っているようだ。

そしてもう一方はファラと名乗る妙齢《みょうれい》の女性だった。

ユリアンとファラは俺たち生徒に対し、簡単に自己紹介をする。

ファラの魅惑的な話し方や仕草が、男の視線を釘付けにしていた。

視察の目的はサンザール学園生徒の実力確認と、有望な人材のスカウトだ。

ちなみに、俺はすでに魔導団に行くことが決定していた。今年の四大祭で優勝し、2連覇を成し

遂げた際にユリアンから、

「魔導団に入る気はないか？」

とスカウトされた。

返事はもちろん、イエスだ。

「はい、お願いします」

と、俺は頭を下げた。

魔導団以外からも、色々なところから声がかかった。

王宮勤めの魔法士という選択肢もあったが、魔導団に入ることが一番のメリットだと考えた。

俺の能力は魔導団のような戦闘職に向いているからだ。

それに、実家に戻ったところですぐに爵位を継げるわけではなく。

もし親がやらかして家が潰れても、魔導団で実績を積めば、どこでも通用する人材になれる。

そういうわけで俺は学園を卒業してからは魔導団で働くつもりだ。

「オーウェン。久しぶり」

自己紹介を終えたユリアンが俺のところまでやってきた。

「お久しぶりです。ユリアンさん。いえ、ユリアン先輩」

俺は軽く頭を下げて挨拶をする。

「先輩って気が早いな」

ユリアンは笑いながら言う。

相変わらず、この人の目は笑っていないんだよな。

ちょっと、怖い。

「魔導団は君の話で持ちきりだよ」

「どうしてですか？」

「四大祭2連覇、そしてクリス隊長が認めた男だからね」

クリス先生は俺が中等部を卒業すると同時に、サンザール学園を退職して魔導団に行った。

代わりに、なんとカザリーナ先生がサンザール学園に来た。

今はモーリス先生がAクラスの担任をやっており、副担任としてカザリーナ先生が着任した。

クリス先生がいなくなったのは寂しいが、カザリーナ先生が来たときは踊り出したくなるほど嬉しかった。

そして、クリス先生は魔導団に行ってから、すぐに隊長の座に上り詰めた。

先生の実力を考えれば、そのぐらいは驚くことでもない。

来年からクリス先生のことをクリス隊長と呼ぶことに、むず痒《がゆ》さを覚える。

それはさておき、

「過度な期待をされると困ります……」

魔導団は魔法使いの頂点に立つ、超エリート集団だ。

入団前から魔導団の人たちに期待されていると、どうしても萎縮してしまう。

「過度ではないよ。オーウェンはクリス隊長を超える逸材だからね」

「はあ……ありがとうございます」

それこそ過大な期待、過大評価だと思う。

クリス先生は年々強くなっている。

あの人は怪物だ。

絶対、敵にしたくない人だ。

「ところで今回の視察では誰をスカウトしに来たんですか？」

俺以外の生徒で魔導団への入団が決まった人はいない。

単純な戦闘力で言えば、俺の次はベルクだ。

しかし、彼はそもそも魔法を使えない体質のため論外。

さらに彼は騎士団の入団が決まっていると聞く。

とすると、ナタリーとエミリアあたりが次の候補として挙がってくるはずだ。

「エミリアはどうかな？　彼女の魔法を四大祭で見たけど、なかなか良かったよ」

ユリアンがエミリアに目を向けて尋ねてきた。

「彼女は努力家ですよ」

「そういった評価しにくい言葉は嫌いだなぁ」

努力家というのは大事なことだと思うんだけど……。

「エミリアは汎用性の高い魔法を使えます。攻撃特化ではないですが、扱える魔法が多く、魔力操作のセンスがあります。その上で、頭も切れるのでとても優秀だと思います」

「なるほどね。そういう人材を欲しいと思っていたところだよ。魔導団は戦闘バカが多いから……。

それはそうとして、オーウェンに一つ忠告がある」

ユリアンは人差し指を突き立てて、俺にだけ聞こえる声量で囁く。

「交流会には気をつけるように」

「気をつけろと言われましても……何をどう気をつければいいんですか？」

と、ユリアンに聞いたときだ。

「なぁーに、話してるの？」

もう一人の魔導団団員、ファラが話しかけてきた。

「なんでもありませんよ」

「私に内緒でオーウェンくんと仲良くするなんて、ずるいじゃない」

「内緒にはしておりませんが。それよりも男漁《おとこあさ》りは済んだのですか？」

「あらー、言い方が酷いわね。将来有望な子がいれば、唾を付けときたいと思っただけよ」

ファラはそう言いながら、俺を見てウィンクした。

ユリアンがため息を吐く。

「私はファラよ。よろしくね」

「オーウェンです。よろしくお願いします」

ファラが握手を求めてきたため、俺は彼女の手を握り返した。

ファラの手はすべすべであり、きめ細やかな肌は10代を思わせるものだった。

挨拶を済ませた後、しばらく彼女と談笑する。

ファラもここの学園の生徒だったらしく、懐かしそうに学園生活のことを語っていた。

会話が一区切りついたところで、ファラはちらっと周りを確認する。

「カザリーナはいる？」

「カザリーナ先生ですか？　多分、いると思いますけど」

俺もファラにつられて辺りを確認するが、この場にカザリーナ先生はいないようだ。

「カザリーナ先生の知り合いですか？」

「同級生よ。少し挨拶をしようと思ったけれど、いないならいいわ」

「また会えると思いますよ。カザリーナ先生と仲が良かったんですか？」

ファラはすぅーと目を細めて、ニヤリと口元を歪めた。

「僅かな魔力しか持たず、才能もない、そのくせ媚《こび》を売るのが得意なカザリーナと仲良しだなんて……冗談でもやめて頂戴《ちょうだい》」

魔導団に入るほどだからファラが優秀であったのは、なんとなく想像できる。

しかし、仲が良かったのか、という質問内容に対して、ファラがカザリーナ先生を見下すような回答をしてきたことに、俺は不快感を覚えた。

少し……いや、かなりイラッとした。

苛つきを抑えながら、俺は静かに言う。

「カザリーナ先生は偉大な人です」

「あら、そんな怖い顔をしちゃ嫌よ。さっきのは冗談よ、冗談」

ファラは悪戯《いたずら》っぽく笑い、妖艶《ようえん》な仕草で口元に指を当てた。

彼女の発言が冗談とは思えなかったが、事を荒らげる気もないので黙っておいた。

ただし、ファラに対する印象は俺の中で最悪なものとなっていた。

◇◇◇

魔導団が視察に来たと言っても、講義は普段通り行われる。

「それでは、魔法工学の概要について、講義を始めます」

カザリーナ先生はそう言って教室全体を見渡した。

高等部では、一部の必須科目を除き、講義を選択して受けられるようになっている。

魔法工学は選択式科目の1つであるものの、学びたい生徒が多く、室内には大勢の生徒がいる。

魔法工学は魔法業界の中で最も注目を浴びている分野の1つだ。

専門家曰《いわ》く『今後は魔法工学によって誰でも魔法を扱える日が来る』とのことだ。

ただし『魔法工学にそこまでの可能性はない』というのが多くの魔法使いの意見である。

発展が目覚ましい分野には、よくある議論だ。

要はどうなるかわからない、ということだ。

そうして始まった魔法工学の講義。

カザリーナ先生が話し始める。

「現実とはなんだと思いますか？」

それは抽象的《ちゅうしょうてき》な問いかけであり、俺は答えに迷う。

何人かの生徒が意見を述べるのを、カザリーナ先生はしっかりと聞いた上で続けた。

「皆さんの意見はわかりました。しかし、魔法工学を語る上で、現実についての考えを改める必要があります」

そう言ってから先生は現実とは何かについての説明を始めた。

「結論を言ってしまえば、現実とは認識によって作られるものです。人々が対象を認識したときに初めて、その対象は現実のものとして存在します。例えば、道端に咲いている花を想像してみてください。もしその花が誰からも認識されていない、とした場合、果たしてその花を現実に存在すると言えるのでしょうか？」

質問を投げかけて、生徒に考えさせるのがカザリーナ先生の講義スタイルだ。

主体的に講義に臨んで欲しいと、カザリーナ先生は常日頃から言っている。

先生の質問に対し、ナタリーが答えた。

「人々の認識に関わらず、そこに花が存在している時点で花は現実のものだと言えます」

ナタリーの発言に俺も同意するように頷いた。

カザリーナ先生は「そうですね」とナタリーの意見に耳を傾けた後に再度質問をする。

「しかし、それを証明する手立てはありますか？」

そう問われれば、証明できない、と答えるしかないだろう。

なぜなら、その花は誰からも認識されていないのだから、証明のしようがない。

逆に言えば、誰かがその花の存在を認識した時点で、この話の前提条件が崩れてしまう。

ナタリーは首を振って、

「証明する方法はありません」と答えた。

それに対し、カザリーナ先生は頷く。

「誰からも認識されていなくても、その花は確かにそこに存在します。しかし、認識されていない時点では、存在を証明する手立てがありません。魔法工学の分野ではその状態を〈現実にない〉と捉えます。さらに言えば、認識とは人の数だけ存在するため、現実は人の数だけ存在することになります。その一例として、色がわかりやすいですね……。私が紫だと思っているこの服は、果たして、ナタリーさんの思い描く紫と一致するのでしょうか？」

先生は自身の着る紫を基調にした服を指差しながら、ナタリーに質問をした。

ナタリーは質問の意味を即座に理解し、

「一致しません」と回答する。

カザリーナ先生は「その通りです」と満足そうに頷いた。

「角度や位置によって見え方が異なりますが、それ以前に自身と他者の視点は全く異なるものです。極端な話、私が紫色に見えているものが、他の人には白色に見えている可能性だってあります。同じ物体でも人の数だけ見え方があり、それはつまり、人の認識の数だけ現実がある、と言えます」

ナタリーが頷くのを見て、カザリーナ先生は説明を続ける。

「現実とは何か、というのは非常に難しい議論ですが……。全ての生物は自らの視点でしか世界を捉えることができません。たとえ、この世界の全てを見通せる神のような存在がいたとしても、神が自我を持った存在である限り、神もまた自身の認識の中で現実を作っています」

ここで先生は一旦話を止め、生徒たちの表情を確認した。

カザリーナ先生は、こうして生徒の反応を見ながら講義を進めてくれる。

それは家庭教師時代から変わらず、こちらの理解度に合わせてくれるので、とてもありがたく思っている。

俺はかろうじて話についていけたため、先生と目が合った瞬間に頷いてみせる。

すると、カザリーナ先生は再び話し始めた。

「それでは現実とは人々の認識によって作られる、という前提で話を進めます。皆さんご存じの通り、魔法とは想像を具現化したものです。想像を認識と置き換えたとき、魔法とは認識を現実に変換する方法と言えます。人が魔法を扱えるのは魔力を持つから、という理由に加えて、人には物事を認識する力があるから、ということです。当然ですが、考える力がないモノは魔法を扱えません」

それも、そうだろうと俺は頷く。

魔法は想像が大事だっていうのに、想像できないモノが魔法を使えるわけがない。

そんな当たり前のことを、今更言われたところで反応に困る。

さて、とカザリーナ先生は言う。

「魔法工学では紙や木などの物質を利用して魔法を発動させますが、これらの物質には想像する力はありません。では、どうやって魔法を発動しているのでしょうか？」

先生の問いかけに教室が一瞬静まる。

おそらく、この問いかけをしたいがために、先生は現実とは何か、という話をしたんだろう。

「答えを言いますと、魔法工学とは物質に現実を認識させる技術であり、そのときに使われるのが魔法陣です。魔法陣を用いて、物質に現実を認識させ魔法を発動させる。それこそが魔法工学です。ここまで色々と話してきましたが、要は魔法工学とは魔法陣を扱う学問です。そこで、私が作った魔法陣をお見せします」

先生は教壇の中から20センチ四方の厚めの板を取り出した。

そこには魔法陣と思われる紋様《もんよう》が描かれている。

規則性を持って描かれているんだろうけど、全く知識のない俺からすると「変な紋様だな」という感想しか出てこない。

「えー、今から、この魔法陣についての説明をしていきます」

先生はそう言いながら木の板に描かれている魔法陣の説明を始めた。

正直、内容が難しくて頭に入ってこなかった。

他の生徒も途中から理解を放棄しているようだ。

シャロットならウキウキと話を聞きそうだな、と俺は彼女の顔を思い浮かべる。

カザリーナ先生の話は止まらず、珍しく、生徒を置き去りにして説明を続けていた。

これはたまに見る、カザリーナ先生の没入状態だ。

時折、先生は1人で突っ走ってしまう傾向がある。

結局、講義が終了するまでカザリーナ先生は楽しそうに魔法陣について語るのだった。

この講義を経て、俺が魔法陣について理解したことは1つ。

魔法陣というものを考案したやつは天才だ、ということだ。

俺が魔法陣について何も理解できなかったと言い換えることもできる。

◇◇◇

午後の講義が終わり、俺は教室を出て生徒会室に向かおうとする。

しかし、ユリアンが教室の外で待機しており、声をかけられたので足を止めた。

「どうしたんですか？」

「少し君たちに聞きたいことがあってね。今から時間ある？」

君たち、というのは俺とファーレンのことだ。

ファーレンもユリアンに呼び止められていたようだから。

俺とファーレンは一瞬顔を見合わせた後に「はい」と返事をした。

この後、生徒会室で交流会の書類作成があるが、少しぐらいは遅れても大丈夫だろう。

うちには優秀な生徒会メンバーが揃っているから。

俺たちは魔法による防音がなされた特殊な部屋の中に入った。

ユリアンが事前に防音室の使用許可を取っていたようだ。

「7年前の事件について教えて欲しい」

部屋に入るや否《いな》や、ユリアンが単刀直入に聞いてきた。

「それはドミニクさんが暴走した事件のことでしょうか？」

ファーレンがユリアンに聞き返す。

7年前と言えば俺たちが初等部1年のときであり、ドミニクの事件のことだと推測できる。

そうだね、とユリアンは肯定した。

「当時お話したことが全てですし、魔導団の方々にも説明したはずですが……」

「魔導団でも調査をした……しかし、当然だけど、僕は当時の調査に関わっていなかったからね。君たちに会えたのだから、この機会に聞いてみたかった」

「具体的には、何を聞きたいのでしょうか？」

ファーレンがユリアンの顔を覗きながら、尋ねる。

「ドミニク……と言ったかな？　彼の魔物化現象について」

ドミニクの姿が魔物のようであったことから、例の現象は魔物化現象と名付けられた。

ファーレンが「わかりました」と言ってから、当時の出来事を詳細に語った。

彼女の話を隣で聞いている俺はそのときの光景を思い出す。

今更後悔はしていない。

俺は静かにファーレンの話を聞いた。

一通り話を聞き終えたユリアンが思案顔で目を伏せた。

「やはり、そういうことか……」

「何かあったんですか？」

「いや……」

ユリアンは軽く首を振るが、すぐに思い直したように、

「君には伝えておこう」と言った。

「以前、学園で起きた事件と、似たような事件が相次いで起きている。各地で魔物化現象が起こり、魔導団はその対処に追われている」

「ドミニクの事件はまだ終わっていなかった……」

「そういうことだね」

「今朝、気をつけた方がいいと言ったのは、魔物化現象についてですか？」

ユリアンはちらっとファーレンに目をやった後に、俺の方に視線を戻す。

「これ以上は言えないな」

ユリアンはぽんっと手を叩いて、この話は終わりだ、と言外《げんがい》に匂わせる。

そうして、彼は部屋を出ていこうとするが、最後に付け加えるよう、ぼそっと呟く。

「狂気の慈悲《じひ》、癒えない傷を負った聖女は数年後に死んだと聞く。君はそうならないようにね」

ユリアンが部屋を去っていく。

癒えない傷ってなんだ？

俺はファーレンに尋ねようとした。

しかし、ファーレンは憤《いきどお》りを込めた瞳で扉を睨みつけていた。

彼女の表情を見て、俺は何も言うことができなかった。

その後、ファーレンとはその場で別れ、俺は生徒会室に向かって歩き出す。

「狂気の慈悲……か」

狂気の慈悲とは狂人とされた男が起こしたとされる有名な事件だ。

狂人がサンザール学園を襲撃し、生徒、教師、さらには救援に来た魔法使い等を虐殺《ぎゃくさつ》した事件。

特に魔導団の一隊を全滅させたことが衝撃的であり、狂人が災害級の犯罪者と認定されたのもこの事件のためだ。

狂気の慈悲とファーレンとの間に何があるのだろうか？

そもそも狂人はすでに死んでいるはず。

うーん、と唸《うな》っていたが、答えは出ず……そうしていると生徒会室の前に着いていた。

俺は部屋の扉を開け、中に入った。

「あれ？　ナタリー1人か？」

「ええ。他の2人は交流会の準備がある、と言って出ていったわ。荷物も持っていったから、今日は戻ってこないと思う」

「今は忙しい時期だもんな」

俺は頷きながら、定位置の椅子に座り、机の上の書類を見始める。

ナタリーは執務机に積まれた書類を広げ、ペンを走らせている。

沈黙の中、作業に没頭する。

書類に何かを書き込む音と、紙をめくる音が静かな空間に響く。

ほとんど会話をすることなく、時間が過ぎ去り、気がつけば日が暮れていた。

そろそろ帰る時間だな、と凝った肩をほぐすように肩甲骨《けんこうこつ》に力を込めた。

そして、大きく伸びをした後に立ち上がる。

「じゃあ、お先に」

ナタリーは、「ええ」と頷いた後に、一拍置いてから言った。

「私も一緒に帰るわ」

彼女の言葉に俺は少しだけ驚いた。

「今日は遅くまでやっていかないんだな」

「多少、余裕ができたからよ。それに交流会直前で焦っても仕方ないわ」

「それもそうだな」

と頷き、ナタリーと一緒に生徒会室を出た。

校舎を出ると、外はすっかり暗くなっていた。

寒い季節を寂しく思うのは人間の本能だろう。

腕を擦って体を温めると、白い息がこぼれてきた。

俺たちは2人並んで寮に向かって歩き始めた。

久しぶりに、ナタリーと一緒に帰る気がする。

ナタリーは、むき出しの手を温めるように、両手に向けて息を吐いた。

「もうすぐ終わりね」

ナタリーの呟きに対し、俺は疑問を覚えたので聞き返す。

「終わり？　まだ交流会は始まっていないけど？」

「違うわ。交流会のことではないわ」

ナタリーはゆっくりと頭を振った。

「学園生活よ。もうすぐ私たちも卒業だと思うと、寂しくなるわね」

彼女は遠くの空を見つめながら言った。

「長いようで……あっという間だったな」

「そうね。ねえ、オーウェン？　今から商業エリアに行かない？」

「こんな時間にか？　明日も学校があるが……」

「駄目かしら？」

ナタリーはちょこんと首をかしげた。

最近、俺もナタリーも忙しかったしあんまり会話ができていない。

たまには2人で話をするのもいいかな、と思った。

交流会も間近に迫っているし、2人きりの決起会というのも悪くない。

「そうだな、行くか」

そうして、急遽、商業エリアに向かうことになった。

歩いている方向は変わらず、寮を越えた先の商業エリアを目指す。

ナタリーがぶるっと体を震わせ、かじかんだ手を温めるように両手をこすり合わせていた。

俺は自身の両手を覆っていた革製の手袋を外して、ナタリーに渡す。

「ほら、貸すよ」

「でも、それだとオーウェンが寒くならない？」

「大丈夫。寒いのには慣れてる」

本当のことだ。多少寒かろうが我慢できる。

「それにナタリーが寒そうだと、こっちも寒くなるからな」

ナタリーは一瞬悩む素振りを見せるが、すぐに「ありがとう」と感謝を述べ、手袋を受け取った。

そして、彼女はサイズに合わない手袋を嵌《は》めてから呟く。

「大きいね」

俺よりも頭1つ分背の小さいナタリー。

同様に彼女の手も小さく、俺の手袋ではぶかぶかのようだ。

「ナタリーは小さくなったな」

昔は俺と同じくらいの身長だったのに、中等部になった頃から差が出始めた。

「オーウェンが大きくなったのよ」

それもそうだな、と笑う。

しばらく歩くと商業エリアに入った。

「どこでご飯を食べる?」

「どこでもいいけど、前に行ったことのある、あの店にしましょう」

ナタリーが指差した先には小洒落《こじゃれ》た店があった。

「そうだな。あそこの肉は美味しかったからな」

俺とナタリーは何度か利用したことがある。

料金は少し高めだが、俺とナタリーなら難なく払える。

浪費というほどのものでもない。

店に入ると、橙色《だいだい》のランプとシャンデリアの明かりに照らされた室内となっていた。

入り口付近で待っていると席に案内される。

ウェイターがメニューを見せてきたため、俺たちは本日のおすすめを注文しておいた。

料理が来るのを待っている間、俺はナタリーに問いかける。

「ナタリーは将来何がしたい?」

「いきなり、どうしたの?」

「さっき、卒業の話をしただろ。だから、ナタリーが今後どうするのかって気になって」

「私は……魔導団に入りたいわ」

「じゃあ、俺と一緒だな」

「だから、この時期に視察隊にアピールしたいんだけど……」

そう言って、ナタリーは言葉を濁した。

「ユリアンさんか？」

「お兄様相手に弱腰になるのは私のダメなところね」

ナタリーがため息を吐く。

「でも、以前のような苦手意識は薄れてるんじゃないのか？」

「まあ……そうね。昔はどうしてあそこまで怖がっていたのか不思議だわ」

「あの人は……何考えているかわからないからな」

「最近になって、あの人が私を嫌ってない……むしろ……」

「むしろ、なんだ？」

「いや、なんでもないわ」

ナタリーは首を振る。それと同時に料理が運ばれてきた。

前菜から始まり、パン、スープが机の上に置かれる。

そしてそれらを食すと、メインの鴨《かも》のワイン煮が運ばれてきた。

ナイフとフォークを使って、鴨肉を口に運ぶ。

鴨肉が口の中でふわっと解けた。

やはり、この店の料理は美味しいと思った。

久しぶりにナタリーと2人で食事をしたが、やっぱりナタリーとの会話は楽しい。

卒業してもこういう関係を続けていきたいと思った。

◇◇◇

次の日の午後、訓練所にて実技の講義が行われることになった。

視察隊に生徒の実力を見てもらおうという企画だ。

訓練所の端ではカザリーナ先生とユリアンが話していた。

たまたま近くにいた俺は2人の話を盗み聞く。

というか、会話が耳に入ってくるのだ。

「サンザール学園の生徒のレベルはやはり高いようですね」

Aクラスメンバーの訓練風景を見たユリアンが感想をこぼす。

「そうですね。この世代は素晴らしい才能を持つ生徒ばかりです」

「その通りだと思います。オーウェンはもちろん、ベルク、エミリア、そしてファーレン。他も粒揃いですね」

「ナタリーさんもいますよ」

「あははは、身内を褒めるのは恥ずかしいものなので、遠慮させていただきました」

とユリアンとカザリーナ先生が話しているところに、ファラが入り込んだ。

「ねえねえ、訓練ばかり見せられてもつまらないわ。もっと刺激的なのはないの？」

「刺激的と言われましても……」

「例えば、そうね。四大祭の決勝戦のようなものがいいわ」

「それは無茶ぶりですよ」

　ユリアンがやんわりとファラを注意する。

「えー、でも。こんなのを見せられたところで、どう評価するっていうのよ？　いくら魔法の威力や発射速度が優れていても、実戦で役に立たなかったらなんの意味もないわ」

「と言いましても、全員の試合をする時間はありませんよ」

「それなら、有望な子だけでいいわ。えーと、そうね……。ナタリーちゃんの試合が見たいわ。四大祭ではあまり見られなかったもの」

　ファラがユリアンに視線を向けながら言った。

「それぐらいなら構いませんが……」

「そうと決まればさっそく模擬戦よ！　相手はやっぱりオーウェンくんよね」

「はあ……。あなたは昔から急ですね」

「カザリーナのようにとろとろと生きていたら枯れちゃうわ」

「枯れるかどうかはさておき、2人の試合をお見せすることに異論はありませんよ。ユリアン様はそれでいいですか？」

「ん？　私はどちらでも構いませんよ。可愛い妹と学園最強生徒との試合は面白そうですから」

ということで、カザリーナ先生が俺を見た。

「オーウェンさん、そういうことだからお願いできますか？」

カザリーナ先生は俺のことをオーウェン様からオーウェンさんと呼ぶようになっていた。家庭教師と今とではお互いの関係性が異なっているためだ。

「はい、僕は問題ありません。が、ナタリーはどうでしょうか？」

「彼女にも話しておきます」

カザリーナ先生はそう言ってから、ナタリーに話しに行った。

ユリアンが俺に話しかけてくる。

「悪いね」

「いえ、僕は構いません。それにナタリーにとっても実力を見せられるいい機会になると思います」

「できれば、彼女を魔導団に入れたくはないんだけどね」

「それはどうしてですか？」

「兄の愛情さ」

俺は首をかしげた。

ユリアンがナタリーに愛情を向けているようには見えなかったからだ。

「はぁ……そうですか」

兄妹《きょうだい》の愛情ってよくわからんなと思った。

その後、ナタリーの承諾も得られたことで、俺とナタリーで模擬戦をすることになった。

俺たちが戦うのは初めてではない。

模擬戦や武闘会で戦ったことがあり、対戦結果は引き分けか俺の勝利となっている。

ただし、ここ最近は戦っていない。

先日の四大祭でナタリーは準々決勝でベルクと対戦し、そこで敗北していた。

ナタリーはベルク相手に弱い。

というか、ベルクが強すぎる。

そのベルクに勝っている俺はもっと強い。

つまり、最強だ。

ふはははっ。

ちょっと調子に乗ってみた。

まあ、このぐらいは許されるだろう。

なんたって四大祭で2連覇した男なんだから、な。

訓練所では狭いため、俺たちは高等部専用の闘技場に移動し、向かい合っていた。

「手加減はしないでね」

「当たり前だ」

「でも、負けてくれてもいいのよ？」

「いやいや、わざと負ける方が申し訳ない」

「つまり、私には負けない自信があるということね」

「一応、学園最強だと自負しているからな」

「じゃあ、その最強の座を奪い取れるよう全力を尽くすわ」

軽口を言っているようだけど、お互い真剣だ。

闘技場に立つと感覚が研ぎ澄まされ、自然と戦う態勢に入る。

呼吸を整えてナタリーを見据えた。

審判はカザリーナ先生だ。

先生が大きく息を吸うのが見えた。

「ナタリー対オーウェン――模擬戦、始め！」

試合開始が宣言された。

それとほぼ同時に、ナタリーが右手を空に向ける。

「雷雨百千《らいうひゃくせん》」

ナタリーの声が会場に響き渡る。

その直後だ。

――ドオォォォォン
彼女の声をかき消すように、上空から雷の音が聞こえてきた。

雷が落ちてくる。

雷雨というのは雷を伴った雨ではなく、雷が雨のごとく降り注ぐことだ。

「――――」
俺は瞬時に魔力を練る。
全身に魔力を循環させることで体を強化させた。
魔力操作によって、血液が沸騰しているかのように熱くなる。
視界が鮮明になり、あらゆる動きが緩やかに感じられる。
ゾーン状態のような全能感だ。
俺は意識を極限まで集中させ、雷を紙一重で躱《かわ》していく。
避けて、避けて、避けて、避けまくる。
しかし、如何《いかん》せん、降り注ぐ雷量が半端なく多い。
雷が足を掠《かす》める。
直撃でなくても雷の威力は絶大だ。
「く……うっ……」
足に痛みが走るが、歯を食いしばることで耐える。
ナタリーの膨大な魔力量だからこそ、実現可能な雷雨。
だが、ナタリーの魔力も無限ではないため、雷の雨はどこかで止むはずだ。
「…………」
逃げ続けた結果、生まれた一瞬の静寂。
その空白の時間を、俺はチャンスと捉えた。

ナタリーのもとに駆け出す。

ナタリーが右腕を俺に向けて詠唱《えいしょう》を開始した。

「刹那《せつな》の閃耀《せんよう》、雷よ、貫け」

大気を揺らす轟音《ごうおん》とともに雷が俺に迫ってきた。

——速いッ
「がぅぁあ……ッ」

右肩に直撃した。

アルデラート家の代名詞とも言える、雷魔法。

チート属性だと思っている。

雷は魔力消費も激しいはずなんだが、ナタリーの魔力量はその激しい消費にも耐えられるようだ。

改めて、ナタリーが強いことを思い知らされた。

「雷撃ッ！」

続けて、ナタリーが魔法を放ってきた。

「——大火球！」

黄色の閃光と燃える赤がぶつかり合う。

——ドガァァァン
轟音とともに砂塵《さじん》が舞う。

開始早々からナタリーは大技を連続して使っている。だが、しかし付け入る隙は必ずある。

いかに膨大な魔力量を誇るナタリーであっても、さすがにこのペースで魔力を消費していたら、すぐに枯渇《こかつ》するだろう。

おそらく、彼女は短期決戦を挑んできている。

俺が選ぶ選択肢は2つ。

彼女の魔力切れを狙って逃げ続けるか、短期決戦に真正面から挑むか、だ。

勝つことに重点を置くなら、逃げる方が賢い選択だ。

しかし、俺は全力のナタリーと真正面から戦いたい。

それに、今は模擬戦だ。

勝ちは重要だが、全てではない。

砂が舞う中からナタリーの影が見えた。

俺はその影に向かって魔法を放つ。

「紅蓮《ぐれん》の焔《ほのお》よ、激しく燃え上がれ――紅炎《こうえん》」

紅い焔がナタリーだと思われる影に当たる直前。

「雷神武装《らいじんぶそう》」

強い風が吹き荒れ、焔がかき消された。

砂の向こうから現れたのは金色の髪を逆立たせ、体中から雷を放っているナタリーだった。

「……ッ」

雷神武装状態のナタリーは化け物じみた強さになる。

身体能力と魔法の威力、発射速度などなど、あらゆる能力を大幅に引き上げる。
雷神武装とは、そんなチート級の必殺技だ。
しかし、大きな欠点がある。
それは武装の持続可能時間が極端に短いことだ。
武装状態では、想像を絶する負荷がナタリーにかかり続けることなる。
おそらく、武装状態を維持できる時間はほんの十数秒。
そして、時間切れになった瞬間、彼女は全ての力を使い果たして倒れる。
ナタリーはここで勝負を決めにきたわけだ。
「雷撃ッ――――！」
ナタリーの突き出した右腕から雷が放たれた。
武装状態での雷撃は、通常よりも遥かに強力だ。
「極大火球！」
迫りくる雷に対抗するように火球を放った。
――――ドガァァァン
雷と火球が衝突し、轟音で大地が揺れる。
俺は右手で銃の形を作り、
「銃弾！」
人差し指から黒い弾を放つ。

しかし、ナタリーは軽々と弾を避ける。

「――散弾！」

間髪入れず、ドンッドンッドンッと連続して銃弾を放つ。

しかし、それらはことごとく避けられ、一発の銃弾がナタリーの頬を掠めただけだ。

ナタリーが指先を俺の方に向けていた。

ぞわっと背筋が寒くなる。

……何かが来る。

「収束せよ、神威《かむい》」

それはまさに神の一撃だった。

――ダンッ
鋭い轟音の直後、雷の閃光が俺の間近まで迫っていた。

「――――」

しかし俺はナタリーが魔法を放つ直前に、魔力を練っていた。

「引力解放――！」

重力から解き放たれた俺は空に浮かび上がる。

しかし、雷魔法の達人に対して、上空への回避は悪手《あくしゅ》でしかない。

「鳴神《なるかみ》」

上空から襲いかかってくる雷。

俺は空を見上げ、両手を空に突き出した。

魔力を両腕に溜める。

迫りくる雷に向けて、魔法を放つ。

「燃えよ、イフリート――――！」

鼓膜を突き破るような爆音が会場一帯に広がる。

「あ……がぁ……ッ！」

暴風によって地面に強く叩きつけられた。

血反吐《ちへど》を吐き、意識が一瞬だけ途切れそうになる。

しかし、唇を噛み締めて意識を繋ぎ留め、立ち上がってナタリーを見る。

「鳴神」

再び、空から襲ってくる雷。

頭上に、俺を守るように土壁を出現させる。

「いでよ、土壁！」

雷には土が有利のはず！

しかし、その常識を覆されるほどに、ナタリーの魔法の威力は絶大だった。

壁は一瞬で崩れ去る。

さらにナタリーは鳴神を放ってきた。

俺は弾けるように横に跳んだ。

直後、俺が立っていた場所に雷が落ち、地面に人が入れる深さと大きさの穴が開く。

「――――」

圧倒的な強さを誇る雷神武装。

ごくり、と喉を鳴らす。

だがしかし、そろそろ雷神武装が解ける時間だ。

というか、終わってくれないと俺が困る。

「雷の奔流《ほんりゅう》！　白虎《びゃっこ》の姿を借りて、その力を解き放たん――雷解《かみとき》」

ナタリーが右腕を空に掲げた。

その瞬間、彼女の頭上に白虎が出現する。

ナタリーと同様、白虎は全身から雷を放っていた。

白虎は天に向かって吠えると、俺を睨みつけ、走り迫ってきた。

間違いなくナタリーの全力の一撃。

「イフリートよ、灼熱《しゃくねつ》をもって燃やし尽くせ――！」

――ドゴオォォォォン
雷の化身と業火《ごうか》の化身が衝突し、大気を震わせた。

衝突による爆発音とともに、砂ぼこりが舞い上がった。

その刹那、

「――雷鳴轟落雷一閃《らいめいとどろきらくらいいっせん》」

ぽつり。
呟かれたナタリーの言葉が、風に乗って俺の耳に届いた。
直後、空から凄まじいエネルギーが降り掛かってきた。
それが何か、と気づくよりも早く、俺は魔力を練り上げていた。
「——身体硬化」
身体強化の改良技。
全身機能を強化するのが、通常の身体強化である。
それに対し、身体硬化は全身を強靭《きょうじん》な肉体へと変化させる技だ。
防御力を上げる代わりに、身体硬化の発動中は機動力を失う。
つまり、その場から一切動けなくなるのだ。
どうしても避けられない一撃を前に、俺が取った苦肉の策である。
煌《きら》めきの直後、俺は雷に打たれた。
「があああぁぁぁ……ッ」
直撃した雷による激痛は想像を絶した。
体が焼け焦げるほどの電流が全身を駆け回る。
片膝をつき、歯を食いしばる。
「あああああぁぁぁぁ——！」
叫ぶことで、かろうじて意識を保つことができた。

そして、痛みと戦いながらナタリーへと目を向ける。

すると、彼女は微笑《ほほえ》みながら口を開いた。

「私の……負けね」

彼女は頬に一筋の切り傷があるのみで、ほとんど無傷の状態だ。

俺はナタリーにダメージを与えることができなかった。

しかし、ナタリーは魔力が枯渇したのか、敗北宣言と同時に地面に倒れた。

◇◇◇

ナタリーが医務室に運ばれていく。

それをファラとユリアンは観戦席から見ていた。

「面白い戦いだったわね」

ファラが隣で観戦していたユリアンに目を向ける。

「ナタリーがオーウェンを、ここまで追い詰めたことですか？」

「ええ、そうよ。ナタリーちゃんは星付きの実力があるわ」

「二ツ星のあなたがそう言うなら、きっとナタリーにはそれだけの実力があるのでしょうね」

「あら？　あなただって星付きじゃない？」

「僕は星一つですよ」

そう言うユリアンの目から見ても、ナタリーの戦いは素晴らしいものだった。

あのオーウェンに対し、ここまで善戦できるとはユリアンも想定していなかった。

それだけに、この戦いをファラに見せたことを後悔する。

「ナタリー・アルデラートを魔導団に推薦するわ」

ユリアンは沈黙で返す。

すると、ファラが眉を上げげた。

「不満そうね」

「不満ではありませんよ」

「では、不安かしら？」

「…………」

「大好きな妹を魔導団に入れたくはないものね。気持ちは察するわ」

「僕がナタリーを好きかどうかはさておき、今の魔導団の実情を知って入りたい人は少ないでしょう」

超エリートと言われる魔導団。

しかし近年、魔導団の死者数が爆発的に増加している。特に去年の新人の死亡率は高く、2割を超えていた。

それは異常とも言える数字だった。

現在の魔導団はそれだけ危険な任務を負っているということだ。

「あははは、それもそうね。宮廷魔法士になった方がよっぽどいいものね」

「しかし、選ぶのはナタリー自身です。それに有用な人材は1人でも欲しいでしょうからね」

「ええ、その通りよ」

「あなたはこうなるとわかっていて、ナタリーとオーウェンを戦わせたのですね」

「うふふふ、それはどうかしら？」

ファラは魅惑的な笑みを浮かべた。

ユリアンは彼女の横顔を見て、この人は油断ならないな、と感じた。

◇◇◇

――ドクン、ドクン
蠢《うごめ》く鼓動。
心臓の音がうるさい。
「ああ、解き放ちたい」
と男は常闇《とこやみ》の中で呟いた。
自分が誰なのか？
自分がなんであるか？
何をしたいのか？

何を志しているのか？

全てがあやふや。

自分の存在自体が不確かだ。

自我が消失しかけており、その代わりに芽生え始めているのは未知の高揚感《こうようかん》である。

己という魂を食らい、狂気が体の奥底から溢れ出ようとしている。

破壊衝動に突き動かされて、全てを壊してしまいたい。

そんな欲望に駆られる。

激情を抑えるように、右手の爪を左肩に食い込ませる。

壊したい、壊したい、壊したい、壊したい、壊したい、壊したい、壊したい、壊したい、壊したい、壊したい、壊したい、壊したい、壊したい、壊したい、壊したい、壊したい——。

焦点を失った瞳。視線を彷徨《さまよ》わせ、左手の親指を強く噛んだ。

指からこぼれ落ちる血が、床に敷かれた絨毯《じゅうたん》を赤く染め上げた。

「……ようやく明日だ。明日になれば全てが終わる」

これまで押しとどめていた感情を爆発させられる。

もう限界であった。

苦しかった。

解き放って楽になりたかった。

日に日に増していく狂気は、彼の性格を破綻寸前まで追い込んでいた。

否——彼はすでに破綻《はたん》していた。

彼が彼として立ち振る舞えていたのは、その強靭な精神の賜《たまもの》であろう。

しかし、それはもう終わる。

長く苦しい時間があと少しで終わると思い、彼は歓喜に満たされたような気持ちになる。

「あと少し……少しだ」

明日——交流会で全てが解き放たれる。

もう我慢しなくていい。

快楽に身を委ね、全てを壊し、血と肉で学園を狂気に染め上げよう。

妄想し、彼は興奮のあまり絶頂に達した。

そうすることで、幾ばくかの冷静さを取り戻した後に男は呟く。

「さあ、パーティを楽しもうじゃないか」

レン・ノマールは狂気を顔に貼り付け、暗闇の中で一人嗤《わら》った。

第十幕

交流会の初日。

午前中は普段通りに講義を受け、午後からセントラル学園の生徒を出迎えた。

夕刻になると、セントラル学園生徒の乗る馬車がサンザール学園の敷地内に入ってきた。

そして、ぞろぞろと馬車から生徒、先生が降りてくる。

すでに何度も顔を合わせたことのある生徒ばかりだが、初めて見る子もちらほらいる。

馬車から降りてきた生徒の中には、特徴的な水色の髪の青年——トールがいた。

俺はすぐさまトールのもとへと向かう。

「久しぶり、四大祭以来だな」

なるべくにこやかに話しかける。笑顔は大事だもんな。

トールは俺を一瞥し、「そうだね」と短く返事をした。

トールが冷たい対応をする理由もわかる。

わかるからこそ、トールのことを放っておけない。

モネがいなくなってから、トールは変わってしまった。

元から彼は社交的とは言い難《がた》かったが、他人に対してもっと関心を抱いていた。

しかし今の彼からは、会話をしたくない、という雰囲気が随所に漂っている。

トールが俺のすぐ隣を通り過ぎようとする。

「まだ彼女のことを気にしているのか？」

俺の言葉にトールが反応を示して、立ち止まった。

「オーウェンには関係ないことだ」

「関係なくはない」

俺はトールを見た。

トールが感情の籠《こ》もっていない冷たい目を俺に向けてきた。

彼のその表情がモネの冷たい表情と重なる。

トールは何も言わず、去っていく。

トールの後ろ姿を眺めていると、彼がパーティ会場に向かっていないことに気づいた。

「会場はそっちじゃない」

呼び止めるものの、トールは俺の注意を無視して行ってしまった。大丈夫かな、と心配に思う。

しかし、トールだけに構っていられない。俺はパーティ会場に向かった。

パーティは入学式等の式典で使われる、大きなホールで開かれる。

会場のセッティングは生徒会から全校生徒にボランティアを募って行われた。

生徒の手作りによる魔道具がちらほらある。

サンザール学園生徒による作品を、たかが生徒の手作り、と馬鹿にはできない。

ここは国内最高峰の魔法学園なのだ。

そこに集う生徒たちの実力は折り紙付きである。

魔法によって、あらゆる工夫や細工がなされた会場は来客者の目を楽しませていた。

例えば、空中にぷかぷかと浮かぶ星たち。

天井から糸が垂らされているが、調整された光加減で糸が見えにくくなっており、星が空中に浮かんでいるように見える。

それらの星は、様々な色に変化し、幻想的な光景を作り出していた。

他にも、壁に立てかけられた巨大な絵画がある。

サンザール学園のシンボルである、赤竜がモチーフにされている。

それはただの絵画ではなく、動く絵画だ。

まるで生きているかのように赤竜は絵の中を縦横無尽《じゅうおうむじん》に動き回り、絵画に人が近寄ると、威嚇《いかく》を込めて口から火炎を吐く。

もちろん、絵画から火炎は飛んでこない。

迫力ある絵画は、セントラル学園生徒たちの視線を集めている。

魔法学園ならではの魔道具の数々が、サンザール学園の実力の高さを示していた。

セントラル学園初等部の生徒たちは素直な反応を見せ、しきりに感心したり、驚いたりしている。

パーティ会場のセッティングは、シャロットに一任した。

魔法工学や魔道具に関して言えば、シャロットの右に出る者はいない。

彼女は１つ下なのに、俺よりも遥かに優秀だ。

独学で魔法工学を学んでいた彼女の知識には何度も驚かされてきた。

俺は今回の会場のセッティングを見て、シャロットにセッティングを任せて良かったと思った。

「すごいな……」と俺が呟くと、

「そうでしょ、そうでしょ」

いつの間にか隣にいたシャロットが、ふふふん、と得意そうに胸を張った。

「しかし、こんなのはまだまだ序の口です。魔法工学は、今後最も発展していく分野です。10年後には、魔法工学が魔法の技術を大きく塗り替えているでしょう」

「俺も魔法工学について、もっと勉強しないといかんようだな」

今後伸びてくる分野なら、なおさら学んでおく必要がある。

星付きだと言って、調子に乗っていては、時代に取り残される可能性があるから。

「それにしても、魔法工学の第一人者、ユーマ・サトゥはすごいよ」

魔法工学を世に広めた天才。

名前から推測するに、ユーマ・サトゥは日本からの転生、もしくは転移者だ。

彼の作り出した魔道具は前世で見たものも多くあり、名前も日本人っぽい。

ちなみに、俺も何度か、前世の知識を使おうとしたことがある。

いわゆる知識チートってやつだ。

しかし、よくよく考えてみれば、何かを生み出せるほどの知識がないことに気がついた。

日本の知識を持っていたところで、一般人レベルの浅い知識では使い物にならない。

俺は凡人ってわけだ。

それに対して、ユーマ・サトゥは本物の天才だろう。

「ユーマ・サトゥに興味があるんですか？」

「いや、うん……そうだな。彼が生きているうちに、一度は話したかった」

主に日本のことについてだ。

もし同郷の者なら、話が弾んで親友になれただろう。

「そうですよね。彼の頭脳は人類の何十年も先を行く、と言われていますから。私も彼の頭の中がどうなっていたかを知りたかったです」

シャロットは俺とは違う意味でユーマと話がしたいようだ。

ユーマの死が魔法工学の発展を大きく遅らせた、と言われている。

事実、今の魔法工学の研究はユーマの作り出した魔道具を分析することで発展している。

「若くして亡くなった天才……せめて、あと10年は生きていて欲しかったです」

惜しむような彼女の呟きに、俺も同意した。

それから、シャロットと少し雑談した後に、俺は会場の中央に向かった。

会場の中央付近に設置された丸テーブルの上に、様々な料理が並べられている。

料理の隣には、色とりどりの花があり、皿の上を彩っていた。

果実たっぷり入りのオレンジジュースが入ったグラスを手に取る。

ちょうどそのときだ。

ぱっと照明が落とされ、真っ暗闇になった。
ざわめきが会場を支配する中、突如、壇上が照らされた。
そこにいたのは、つるつる頭の学園長だ。
照明によって頭がピカーンと光っている。凝った演出だな。
特に学園長の頭を光らせるのは良い演出だと思う。
もちろん、そういう演出だよね？
と思い、離れたところに立つシャロットに視線を送る。
すると、軽くウィンクを返された。
なるほど。やはり、学園長の頭を使った演出だったらしい。
シャロットにはセッティングの他に、こういう演出も任せていた。
彼女を推薦した俺の功績でもある……というのは冗談だ。
「諸君！　ようこそ我がサンザール学園に！」
学園長は仰々しく体を動かし、芝居がかった口調で挨拶を始めた。
いつも通り、学園長の話は長かった。
そして、話し終えた学園長がワイングラスを高々と持ち上げる。
「乾杯！」
よく通る学園長の声がパーティ会場に響いた。
こうして、交流会のパーティが幕を開けた。

◇◇◇

ユリアンは交流会のパーティに参加させてもらっていた。

彼はかなりの有名人であるものの、生徒たちが近寄ってくる気配はない。

「怖がられているのね」

隣に立つファラが、からかうように言ってきたのをユリアンは無視する。

「あらら、つれないわ。せっかくのパーティなんだから楽しみましょう?」

ファラはグラスを口元に近づけ、ごくり、と赤ワインを飲む。

ワインを味わい、艶《なま》めかしい表情で「おいしい」と呟く。

彼女の仕草を見ていた初心《うぶ》な男子生徒が顔を赤くする。

大人の魅力をあえて見せつけ生徒で遊ぶファラに、ユリアンはため息を吐く。

「普通に飲んでください」

「普通に飲んでるわよ?」

「生徒を誘惑しているように見えますが」

「生徒が誘惑されているのよ」ああ言えばこう返される。

まるで言葉遊びをされているようだ。

ユリアンはファラ相手にやりにくさを感じる。

「爺《じじい》どもと違って、ここには純真な子が多くて助かるわ。若いっていいわね」

男漁りを始めるファラに、ユリアンは呆《あき》れる。

「でも、どの子も未熟ね。ぜーんぜん美味しそうじゃないわ」

「生徒を食べないでください」

「わかっているわ」

「本当ですか？　今日は任務で来ていますので節度を保った行動をお願いします」

「えー、嫌よ。だってここには、将来有望な子がたくさんいるじゃない」

「いい加減にしてください」

ユリアンは先輩であるファラにぴしゃりと言い放った。

「はいはい、ユリアンは堅物よね」

「あなたが緩すぎるだけです」

一見すると、気を抜いているように見えるファラだ。

しかし、彼女が自然体を装いながらも、周囲に注意を払っていることをユリアンは知っている。

くだらない話をしているようでも、ファラは魔導団に所属するエリートなのだ。

その行動に言葉を伴わせて欲しいとユリアンは願うが、言葉に行動が伴わないよりは断然良い。

ユリアンとファラはさりげなく周囲を窺《うかが》い、怪しい動きがないかをチェックしていた。

すると、

「動いたわ」

ファラがユリアンに囁く。

「行ってきます」

「ご馳走《ちそう》は取っておいてね」

「余裕があれば」

ユリアンは目的の人物――レン・ノマールの後を追って動き出した。

会場を出たレンを、ユリアンはこっそりと追跡する。

レンはパーティ会場から渡り廊下を通って、高等部の校舎に入った。

そして、彼はスタスタと迷いのない足取りで校舎の中を進んでいく。

時折、レンが周囲を確認する素振りを見せる。

だが、ユリアンは陰《かげ》魔法で気配を消しているため、そうそう気づかれることはない。

しばらく、ユリアンは息を潜めながらレンを追いかけた。

高等部の校舎を進むと、その先には旧校舎がある。

旧校舎に入った矢先、ふと、レンが廊下の角を曲がった。

ユリアンはすぐに追いかける。

しかし、角を曲がった先は行き止まりだった。

「見間違いか……？」

ユリアンは首を捻《ひね》る。

だが、確かにレンはここに入っていった。

ぺたぺたと壁を触るが、普通の壁のように思える。

と、なると……、

「この壁は魔法によって作られたものだろうな」

ユリアンはポケットから銀色の箱を取り出す。

箱を開けると、中には墨《すみ》のような液体が入っていた。

これはユリアンの魔力が籠もった魔石を、液状にしたものであり、魔液と呼ばれるものだ。

ドロドロとした魔液を指につけて、彼は壁にバツ印を描いた。

すると、その直後、魔液が黒いシミのように壁全体に染み渡っていく。

最終的には壁全体に広がったシミを見て、

「当たりだね」とユリアンは呟いた。

次の瞬間、突如、壁が消えた。

ユリアンが得意とする陰魔法、その特性の1つに魔力干渉がある。

例えば精神破壊魔法だ。

精神破壊魔法は他人の魔力に干渉することで精神を乱す魔法である。

ユリアンの魔力が籠もった魔液も、他人の魔力に干渉できるため、魔法によって作られたモノを壊すことができる。

消えてなくなった壁の先には廊下が続いていた。

ユリアンは陰魔法を用いて、より一層気配を殺しながら足音を立てずに歩く。

「…………」
緊張のため、汗が頬を伝ってきた。
美術室、と書かれた札が見え、教室の中から声が漏れ聞こえてくる。
ユリアンは会話を聞くために美術室に近寄ろうとした——その瞬間。
ぞわりと肌が粟立《あわだ》つ。
直感に従って、彼は横に飛びのいた。
すると次の瞬間——ユリアンの頬に一筋の切り傷ができた。
ユリアンは攻撃が来た方向を見ようとする。
しかし、
「あ……うっ……」
腹に強烈な痛みを覚えた。
何者かに蹴り上げられ、一瞬息ができなくなる。
だが、そんな中でも冷静に頭を働かせ、彼は魔力を練る。
そして刹那、
「——広がれ、暗黒」
全身から魔力を発し、周囲を暗闇で埋め尽くした。
手元さえ見えない暗さだが、ユリアンには相手の居場所がわかった。
身体強化を使い、ユリアンは敵に向かって右拳を突き出す。

しかし、その拳は相手には当たらなかった。

「――――」

彼は追撃し、手足を使って攻撃を繰り出す。

が、しかし、攻撃を尽《ことごと》く避けられた。

暗闇が次第に薄れていき、相手の姿がわかるとユリアンは目を丸くした。

敵は彼のよく知る人物――、

「さっきぶりね、ユリアン」

ファラだった。

「どうして、あなたが……？」

驚きのあまり、ユリアンはほんの僅かの間、動きが止まる。

「秘密よ」

魅惑的な笑みを浮かべてファラは言った。

その瞬間、ユリアンは水たまりに足を踏み入れていることに気がついた。

「しまった……!?」

ファラは水魔法の使い手である。

それを知っているユリアンは、踏んだ水がファラの魔力によって生成されたものだと理解した。

要はファラの仕掛けた罠である可能性を考えたのだ。

そして、その予想は当たっていた。

「水よ、絡みつけ」

水が生き物のように蠢き、ユリアンの足に絡みついてきた。

さらに、ファラは追撃を仕掛けた。

「発現せよ！　水牢！」

水たまりが浮き上がり、ユリアンの全身を水で覆った。

それによって、彼は完全に動きを封じられてしまった。

「……ぅぁ……」

コポコポ……。

口から吐いた息が水の中に漏れ出る。

ユリアンの囚われた姿を見たファラは「あはっ」と笑った。

「ダメじゃない。ちゃんと周りには気をつけなさいよ。これは先輩からの最後のアドバイスよ」

ファラは水中に閉じ込められたユリアンを見据える。

瞳に嘲笑《ちょうしょう》を込めて。

ユリアンは魔力を練ろうとするが、魔力操作が全く思い通りにできなかった。

「うふふ、無駄よ。今、あなたは私の魔力に浸かりきっているの」

ファラは妖艶《ようえん》な笑みを浮かべて説明する。

「水牢に閉じ込められた人はね、魔力の過剰摂取によって魔力中毒状態になるの。私の魔力によって全身を侵され、狂乱状態に陥るわ。どう、素敵でしょ？」

ユリアンは何か話そうとするものの、ごぼごぼと空気が漏れる音が出るのみ。

完全にファラの手中にある状態であり、絶体絶命の状態でユリアンは考えた。

そして、策を捻り出した。

彼はポケットに手を突っ込み、そして、指で銀色の箱の蓋を開けた。

その瞬間、箱の中の魔液が漏れ、ユリアンを閉じ込めている水を黒く塗り潰していく。

1秒も満たない間に水は真っ黒になり、そして弾けた。

「が……あぁ……」

ユリアンは水から解放されるや否や、空気を必死に求めるように呼吸をする。

そして、すぐさま窓に向かって駆け出した。

「行かせないわ！」

ファラはすぐにユリアンを追いかけようとするものの、一歩遅かった。

ユリアンが窓の外に飛び出した。

直後、ファラは窓の外を確認するが、そこにはすでにユリアンの姿はなかった。

「あーあ、逃げられちゃったわ」

気配を消すのが上手いユリアンを探すのは容易ではない。

そして、そこに時間をかけている余裕もない。

彼女は自身の失敗を嘆くものの、大したことない、とすぐに気を取り直した。

「探さなくて良いのですか？　私たちの計画に邪魔になると思いますが」

いつの間にか、ファラの後ろにレンが立っていた。

計画、という明らかにきな臭い話にファラは眉をひそめるわけでもなく答える。

「問題ないわ。一瞬とは言え、水牢に閉じ込めたのだから。当分は魔力中毒でまともに動けないわ」

レンは、「それならいいのですが」と頷く。

「ところで例の扉は開けられたの?」

「ええ、もちろんです。私の中にいる私が教えてくれました。あとは生贄《いけにえ》を用意すれば完成です」

「そう……これで間違った世の中を正せるのね」

ファラはそう言ってレンの方を向くと、彼の隣には別の男がいた。

黒帽子の男だ。彼がファラの言葉に答える。

「ええ、その通りです。私たちで良い世界を築き上げましょう」

深く被《かぶ》った帽子の中で男は薄く笑った。

すると、そのときだ。

水色の髪の少女モネと隻腕《せきわん》の剣士ジャックが美術室から出てきた。

モネは死んだ表情をしているのに対し、ジャックは子供のように無邪気な顔をしている。

正反対の2人だ。

「ああ、早く斬りたいなぁ……。斬ってもいいんだよね。僕、わくわくしてきた」

黒帽子の男は人差し指を口の前で立てて、ジャックに言う。

「焦らないでください。獲物はたくさん用意しましたので」

「うん、わかるよ！　感じるんだ！　ここには僕の胸を躍らせてくれる相手がたくさんいる！」

「そうです、そうです。なので、もう少しの辛抱です」

「そうだね、最高の果実を食す前は空腹にしておかなくちゃいけない。まさに、今がそのときだ」

ジャックは恍惚《こうこつ》とした表情で刀身に触れる。

黒帽子の男は全員に視線を配りながら、仰々しく両手を広げた。

「さあ、あの方の復活はもうすぐです。全てを壊し、再生する！　新時代の幕開けといきましょう！」

笑みを浮かべる者、無関心を貫く者、狂気に口を吊り上げる者、目をギラギラと輝かせる者など、反応は様々だ。

黒帽子の男は彼らを見て満足そうに頷く。

回帰集団《かいきしゅうだん》の中でも指折りの実力者たちが一堂に会した。

サンザール学園での悲劇が今まさに始まろうとしていた。

◇◇◇

パーティは順調に進み、俺はわらわらと集まってくる生徒たちの相手をしていた。

最近、どのパーティに出ても自分の周りが賑《にぎ》わってしまい、好き勝手にご飯を食べられなくなっている。

そう思うと、壁の花であった頃が懐かしい。

ウォールフラワーのような壁に咲く一輪の花になりたい。

……というのは冗談だ。星付きという肩書は注目の的になりやすい。

学生のパーティ程度ならば、気楽に臨めるから問題ない。

羨望《せんぼう》の視線に晒《さら》されるだけで嫌な気持ちにはならないから。

これが貴族同士の集まりであれば、面倒の一言に尽きる。

特に面倒なのが派閥に関することだ。

貴族には3つの派閥がある。

1つ目が王族派。これは国王を中心として政治を回そうとする派閥のことだ。王族派筆頭としてアルデラート家がある。俺はその公爵令嬢であるナタリーと親しいため、王族派だと認識されている。

2つ目が貴族派。貴族派とは各領地の権力と独立性を強めようとする派閥である。俺の実家であるペッパー家も大した発言力のない貴族とは言え、貴族派に属する。

3つ目が中立派。これは王族派でも貴族派でもない人たちのことを言う。ペッパー家と俺個人の交友関係、それに星付きの地位も加わり、それぞれの立場から王族派と貴族派の両方に声をかけられてしまう。

そのため、派閥に関しての発言は十分注意しなければならない。

下手な言動をしてしまったが故に、厄介なことに巻き込まれかねないからだ。

ナタリーが自身の誕生日パーティを「憂鬱《ゆううつ》だわ」と言っていた気持ちも今ならわかる。

それと比較して、学園のパーティは本当に気が楽だ。

二ツ星であり、最上級生ということで誰かにペコペコ頭を下げる必要はなく、気兼ねなく話せる。

しかし、俺は上機嫌でいるものの浮かれているわけではない。

生徒会の一員として、しっかりパーティを見守る必要がある。

それに加えて、ユリアンからの忠告が俺の身を引き締めた。

さらに、先程から嫌な予感に胸がざわついている。

こういう人間の直感は馬鹿にできず、往々にして嫌な予感というのは当たるものだ。

何事もないことを祈るが、ついつい周りを気にしてしまい、純粋にパーティを楽しめるだけの余裕がない。

「難しい顔をしてどうしたの？」

人の群れから解放された俺にナタリーがすっと近寄ってきた。

「いや……なんでもない」

「なんでもないようには見えないわ……。私が言うことでもないけれど、もう少し気を抜いてもいいのよ」

「こう見えても全力でパーティを楽しんでいるぞ」

「そう？　それならいいのだけれど」

「それよりも魔導団の2人の姿が見えないんだが。ナタリーは何か知っているか」

ざっと会場を見渡しても、ユリアンとファラを発見できない。

目立つ2人であるから、この場にいないことがすぐにわかった。

「用事でもあるのかしら？　少し気になるわね」

ナタリーが思案顔を作った直後だ。

俺たちの会話に出てきた人物――ファラが会場に戻ってきた。

その後ろにはレン先生がいる。

彼らは俺たちを見つけるや否や、こちらに向かって歩いてきた。

「パーティはどう？」

ファラが尋ねてきた。

ナタリーがそれに答える。

「問題なく進行しております」

「そう、それは良かったわ。ところで、ナタリーちゃん」

「はい、なんでしょう？」

ナタリーがファラの方を向く。

レン先生がするりとナタリーに近寄った。

ちょうど、ナタリーの死角に入るところにレン先生がいた。

不自然な動きだ。俺は不穏な予感を抱き、眉をひそめる。

そして、ファラとレン先生の視線が重なったのを俺は見ていた。

「あの……！」と、俺が言った瞬間――。

ぷつん。
突如として、照明が落とされた。
パーティ会場がザワザワする。
しかし、この演出は先程学園長が登場した際と一緒だ。
何か余興が始まるのだろう、と弛緩《しかん》した空気を肌で感じた。
だが、俺は焦りを覚えた。
これはパーティの余興なんかじゃない！
――眼力強化。
暗闇の中でも、近くの人物の表情なら確認できるように目に魔力を込める。
目の前にはナタリーがいるはず……。
「な……!?」
だが、そこにはナタリーはいなかった。
その代わり、俺は自分に襲いかかってくる攻撃を見た。
「土壁――！」
ドォンと衝撃が走り、土壁にひびが入る。
魔法攻撃をなんとか防ぐことができた。
俺はすぐ後の追撃を警戒した。
だが、その刹那、会場の至るところからプシューと音が聞こえてきた。

暗闇でよく見えないが、煙のようなものが会場全体にばら撒《ま》かれた。

それによって、暗闇の中で視界がさらに悪くなる。

「吸わないでください！」

カザリーナ先生の叫び声が聞こえてくる。

「これを吸ってはいけません！」

彼女の念を押すような声が会場に響き渡る。

俺はすぐさまポケットからハンカチを取り出し、口を塞《ふさ》いだ。

未だにこれを余興か何かと思っている生徒が大半で、彼らは平気で煙を吸い込んでいた。

どう考えても今は緊急事態だろ。

だが、下手に混乱を招くよりも、このまま余興だと思わせた方がいいかもしれない。

すぐさま周囲を確認し、状況把握に努《つと》めた——そのときだ。

どこからか、うぅぅ、あぁぁ、と獣のようなうめき声が聞こえてきた。

さらに1人、また1人と連鎖《れんさ》するように、うめき声が上がり始める。

とうとう、これは余興ではないと知った生徒たちが慌て始めた。

混乱が広がる。

しかし、生徒たちに構っている余裕が俺にはない。

それよりも、

「ナタリー！　どこだ！」

忽然《こつぜん》と姿を消したナタリーの所在が気になっていた。

俺が叫んだ直後だ。

ぱっと視界が明るくなる。

照明によって会場が照らされたのだと理解する。

会場内は白い煙で覆われており、依然として視界の確保が難しい状態だ。

「巻き起これ、旋風《せんぷう》――！」

カザリーナ先生の詠唱が聞こえてきた。

直後に、会場に渦巻状の風が発生し、瞬時に煙を吹き飛ばした。

パーティ会場の全体がよく見える。

「――ッ」

目の前には衝撃的な光景が広がっていた。

壇上に4人の人物――レン先生とファラ、黒い帽子を被った男、そしてナタリーがいた。

黒帽子の男が、ぐったりと倒れているナタリーを肩に抱えている。

レン先生がにやりと口元を曲げた。

彼からはただならぬ気配を感じた。

「さあ、楽しいパーティの始まりです！」

レン先生は目を血走らせ、狂ったような表情で叫んだ。彼の明確な悪意を目の当たりにし、レン先生と、その隣に佇《たたず》むファラが敵であると、俺は理解した。

「くそっ、何がどうなってんだ！」
瞬時に身体強化を使い、ナタリーのもとへと駆け出す。
しかし、その直後――、
「怨嗟《えんさ》の炎よ、禁を解く。爆流のごとく荒れ狂え！」
黒帽子の男が詠唱を唱えた。
彼の詠唱に呼応するかのように、会場の床が赤く輝きを放った。
床から複雑な紋様が浮かび始める。
それが魔法陣だと、俺は一瞬遅れて気づいた。
慌てて魔法陣を破壊しようとする。
だが、時すでに遅し。
部屋の中央から熱風を感じる。
視線をそちらに向けると、さっきまではなかった紅玉が地面に嵌め込まれていた。
紅玉が急激な膨張を始め、そして、次の瞬間――、
――ドォォォォォォン
紅玉が盛大に破裂し、会場が一瞬で崩壊した。

◇◇◇

俺は崩壊していく会場の中、身体強化を使うことで会場を脱出した。

同時に周りにいた生徒数人を助けた。

ほとんどの人を助けることができず、

「何が星付きだッ」

と自嘲《じちょう》する。

瓦礫《がれき》の中から体を起こすと、目の前には凄惨《せいさん》な光景が広がっていた。

会場は完全に崩れている。

紅玉の爆発に巻き込まれた者たちが焼け焦げて倒れており……おそらく、もう死んでいるだろう。

そう思うと、やるせない気持ちになった。

怪我《けが》を負った生徒たちが助けを求めて泣き叫んでいる。

阿鼻叫喚《あびきょうかん》の地獄とはこのことを言うのだろうか。

視界の隅にナタリーを連れ去っていく集団が映った。

あいつらが今回の事件の犯人だ。

なぜ、そこにレン先生やファラがいるのかは、この際どうでもいい。

そんなことよりも、だ。

「ナタリーを放しやがれ！」

叫ぶと同時に身体強化を施し、ナタリーのもとに向かって走った。

崩壊した会場。

瓦礫を越えた先にいる集団に向かって一直線で駆け出した。

足場が悪い中、トントンと跳びはねながら走る。

黒帽子の男がナタリーを肩に乗せている。

俺は黒帽子の男に殴りかかろうと、握った拳に力を込めた。

あと一歩のところで届く——と、その直前、黒帽子の男の隣にいるレン先生が呟いた。

「——空間切除」

俺と黒帽子の男との空間に、突如として亀裂が入る。

「くっ……！」

触れたらやばいことになる。

本能で察し、俺は真横に跳ぶ——。

そしてその瞬間、ぐにゃりと空間がねじれた。

空間魔法——それは最も難しい魔法の1つと言われている。

空間魔法には2種類ある。固有空間魔法と空間転移魔法だ。

前者は固有空間を作り出すことから固有空間魔法と呼ばれ、後者は空間同士を繋ぐことから空間転移魔法と呼ばれている。

どちらも空間魔法と呼ばれているが性質が全く異なる。

例えばユリアンの敵を異空間に閉じ込める魔法は固有空間魔法に分類される。

固有空間魔法は、術者本人の魔力で空間を生成するため膨大な魔力量が必要となる。

それに対し、空間転移魔法は比較的魔力量が少なくて済む。

ただし、空間を転移するためには座標を特定する能力と、瞬時に膨大な情報を処理する能力が必要とされる。

そして、レン先生の発動した魔法は空間転移魔法である。

「空間切除」

「――――ッ」

レン先生が続けて空間転移魔法を発動させた。

周囲の空間が捩《よじ》れる。

後ろに跳び、避けるが、さらに続けてレン先生は空間転移魔法を使ってきた。

回避に全神経を集中させられる。

その間にナタリーが連れ去られようとしていた。

俺はナタリーのもとへ向かおうとするが、

「よそ見は駄目ですよ」

いつの間にか、レン先生が俺の隣に立っていた。

ほんの僅か。視線を外しただけでレン先生に距離を詰められていた。

おそらく空間転移魔法による移動だ。

俺は反射的に両腕に魔力を込めた。

「剛腕――――！」

腕を鉄のような強度にする技であり、身体強化の応用技だ。

両腕でガードのポーズを取る。

それとほぼ同時に、レン先生から鋭い蹴りが放たれた。

「あ、ぐぅ……」

腕の骨にひびが入るほどの衝撃。歯を食いしばる。

「まだまだ行きますよ！」

息を吐く暇もなく攻められ、俺は防御に徹することしかできないでいる。

一打が重く、身体を強化していても痛みが走る。

セントラル学園の教師であるレン先生と接近戦をすれば、防戦一方になるのは当たり前だった。

「くっそッ……」

悪態を吐きながらも、状況を打開する案を考えているときだ。

「貫け――聖なる槍《ホーリー・スピア》」

白色《はくしょく》に輝く槍がレン先生の横顔に向かって放たれたのだ。

レン先生は飛来する槍を素手で掴んだ。

……じゅわっ。

槍を掴んだレン先生の右手が焼け焦げる。

だが、レン先生はそれを意に介さず、柄の部分を握りつぶし折った。

直後――、

「風の刃《やいば》よ、引き裂け！」

別の方向から、レン先生に向けて風の刃が飛来する。

だが、

「空間切除」

風の刃がレン先生へと向かっていく軌道上に空間の亀裂が走り、風の刃は虚空に消えていった。

この一瞬の攻防の間に、俺はレン先生との距離を取っていた。

そして、加勢に来てくれた2人――ファーレンとエミリアをちらっと見る。

「大丈夫ですか？」

「俺は大丈夫だ。それよりも、ナタリーが連れていかれた。早くレン先生を倒して、彼女を追いかけないと……」

「わかりました。それなら、オーウェンさんはナタリーさんを追いかけてください」

「いいのか」

「ここは私に任せてください」

ファーレンが力強く言ってきた。

「だが……3人でもキツい相手だぞ」

空間魔法の使い手に加え、身体強化を使いこなせる相手だ。

近距離も遠距離もどちらにもスキがなく、厄介な敵である。

「大丈夫よ、オーウェン。ハイオークが出たときの何もできなかった私たちじゃないわ」

そういえば、このメンバーは初等部の頃にハイオークと遭遇した際と同じメンバーだ。

ドミニクもいたが、あいつは真っ先に逃げたから、人数にはカウントしない。

エミリアの言葉にファーレンが首を縦に振る。

「もうあなた1人に背負わせることはしません」

2人の頼りになる言葉を聞いて、俺は即座に判断する。

「頼む」と一言。

1人で今回起こっている事件を解決できる、と思うほど自惚《うぬぼ》れていない。

任せるときはしっかりと任せる。

それが大事だと思っている。

「引力解放！」

レン先生は、この場から離脱しようとする俺に視線を向けてきた。

「この先は行かせませんよ」

「あなたの相手はこちらです！」

「そうよ！　こっちを見なさい！」

ファーレンとエミリアはそれぞれレン先生に向けて魔法を放った。

それによってレン先生の注意が逸《そ》れる。

俺はそのスキに一気に空を駆けた。

ナタリーを救ってみせる、と強く決意して。

◇◇◇

レンVSファーレン&エミリアの戦い。

攻防は一進一退……と言うより、ファーレンたちに不利な状況が続いていた。

レンの攻撃は基本的に空間転移魔法を使ったものだ。

しかし、

「空間切除」

同じ攻撃の繰り返しだが、防御不可能な空間転移魔法を侮ることなどできない。

彼は本当にレン・ノマールなのか？　とファーレンは考える。

レンから放たれる悪臭はファーレンの鼻を刺激する。

それは彼女が最も嫌悪する匂いだ。

瘴気《しょうき》を煮詰めた吐き気を催す腐臭《ふしゅう》。

ソフィーを死に追いやったものと全く同じ匂いがした。

(どうして、今まで瘴気に気づけなかったのでしょう)

大量の瘴気を内包しているはずのレンが近くにいても、ファーレンは彼の瘴気に気づかなかった。

ドミニクのときは、すぐに気づくことができたのだが……。

レンは瘴気を隠す術《すべ》を持っていたのだろうか、と疑問がファーレンの頭をよぎった、そのときだ。

レンが攻撃の手を止めた。

「あはっ、あははは、あはははははははははっ！」

突然、レンが狂ったように笑い始めた。

聞いているだけで背筋が震えるようなおぞましい声だ。

強烈になった悪臭に、ファーレンは思わず鼻を押さえた。

「あなたは誰ですか？」

ファーレンはレンに向かって尋ねる。

「私は！　私は、私は、私は、私は、私は、私は、私は、私は――」

レンが何度も「私は」という言葉を連呼する。

その狂った様子を見て、ファーレンは眉をひそめた。

「……誰なのでしょう？」

こてりとレンが首をかしげた。

そのすぐ後だ。

レンは頭を押さえて、うめき声を上げた。

全身を掻きむしり「私は、私は、私は……」と呟きを繰り返す。

レンは目を血走らせ、自傷する。

ぶつぶつと呟く彼の姿は気味が悪く、異様な光景だ。

ファーレンとエミリアは言葉を失い、引き気味にレンを見ていた。

そうしてしばらくすると、レンは動きを止めた。

「私が誰であるのか。私とは何か……？　そうだ……思い出しました」

レンは首を直角まで曲げ、目を極限まで見開く。

そして、叫んだ。

「私はあの方の一部、そして、忠実な僕《しもべ》である！」

◇◇◇

佐藤悠真《さとうゆうま》は平凡とは言い難いものの、日本で普通の高校生をやっていた。

彼は天才だった。

小学生の自由研究において大学院生の研究論文を超える成果を残したほどだ。

ただし、彼はその類《たぐい》まれな頭脳とは裏腹に、一定の分野を除けば学校での成績は平凡と言えた。

決められた枠組みの中、広く浅い知識が必要とされる学校の勉強に悠真は全く興味を示さなかったのだ。

学校のテストよりも、もっと深いテーマに興味を抱いていた。

そして、彼の頭脳は未知の世界を前にしたときに初めて発揮される。

そんな奇妙な天才児が異世界に転移した。

召喚ではなく、偶然による異世界転移だった。

世界に歪みが発生し、それを修復するために、一時的に異なる世界同士が繋がったのだ。

そこに偶々《たまたま》居合わせていた悠真が空間の狭間に引き込まれ、そして異世界転移をしたわけだ。

余談だが、これは9月13日の午前中に起きた出来事である。

全く同じタイミング、日本の別の場所において交通事故が起きたことを、もちろん悠真が知るはずもない。

悠真の転移後の生活は恵まれていた。

悠真が倒れていたのを発見したのがソフィーだったからだ。

ソフィーは身元もわからない悠真を保護し、まるで自分の子供のように悠真に愛情を注いだ。

悠真には魔法の才能があった。

ソフィーはその才能を花開かせるために彼をサンザール学園に入学させた。

しかし結局、悠真が学園に通うことはなかった。

悠真は授業に一切出ず、その代わりにサンザール学園の図書館には足繁《しげ》く通った。

そして、魔法の研究に没頭することになる。

とは言うものの、彼は魔法が好きだから研究しようと思ったわけではない。

むしろ、その逆である。

彼はこの世界の魔法の考え方が気持ち悪く、許せなかった。

魔法の発動過程が美しくなかったからだ。

なんとなく想像したら、なんとなく魔法が発動する。

普通の男子高校生が聞いたら、「異世界転移、最高！」と喜ぶ話かもしれない。

だがしかし、あやふやな原理を良しとしない悠真は魔法に疑問を抱いた。

そんな中、見つけたのが魔術に関する論文だった。

それは魔法の概念を大きく覆すものであり、下手をすれば魔法至上主義の根底すらも覆しかねない内容だった。

『人々が魔法と呼ぶものは魔術による出力結果に過ぎない。仮に世界全体が魔術式であれば、全ての魔法を証明できる』

その論文に記載されていた内容だ。

そんな話はありえないと一蹴《いっしゅう》され、見向きもされなかった内容だ。

さらに言えば、魔術は恐ろしい研究と見なされ、忌み嫌われるモノだった。

ちなみに、その論文の著者は魔女として名を貶《おとし》められた人物である。

だが、悠真は魔術の概念に感銘を受け、そして、のめり込んでいった。

魔術とは、魔法工学そのものである。

悠真は魔女の学問とされる〈魔術〉を〈魔法工学〉と呼び、世の中に広めたに過ぎない。

魔術と違って魔法工学が受け入れられたのは、ひとえに、魔法工学によって作り出されたモノが便利だったからだ。

彼は魔術と地球での知識を組み合わせてイノベーションを起こした。

その結果、天才と呼ばれるようになった。

世の中に認められると同時に潤沢な資金を手にし、さらに魔法工学の研究に専念することができるようになった。

そうして、魔女の最大の研究とされる、不死の研究までたどり着いた。

実のところ、魔術に危険性があったのではなく、不死の研究が生命の冒涜《ぼうとく》であるとされ危険視されていた。

しかし、魔術を知らない魔法使いたちは魔術と不死の研究を混同し、危険な学問と見なした。

不死の研究とは、即ち魂の研究である。

肉体が滅びようとも、魂が回帰すれば永遠に生き続けられる。

悠真は〈死〉という人類最大のテーマに好奇心をくすぐられ、禁忌《きんき》とわかっていても探求をやめられなかった。

死んだ者の魂には禍々《まがまが》しい瘴気が宿る。

それは死が絶対の自然法則であり、何人たりとも侵してはならない領域であることを示していた。

だが、悠真は構わず、研究を進めた。

そして、いよいよ魂を回帰させるという禁忌――魔女復活を試みるまでに至った。

魔女の復活には肉体が必要である。

悠真は生贄にサンザール学園生徒を選んだ。

儀式が行われたが、魔女復活の条件を満たさなかったため、儀式は失敗に終わった。

そして、生贄に選ばれた者は不完全な魔女の魂を受け継ぎ、禍々しい瘴気と狂気を身に宿すことになった。

これが後に狂気の慈悲と呼ばれる事件の発端である。

◇◇◇

「私はあの方に選ばれたのだ！　死を超越し、意思を継ぐ者！　それが私だ！」

レンが狂気を宿した瞳で叫ぶ。

エミリアは不快感を顕《あらわ》にする。

「よくわからないけど、とりあえず黙らせればいいのね」

「そうですね」

ファーレンがエミリアの言葉に頷いて同意する。

「さあさあ、話は終わり、せっかくの宴《うたげ》です！　存分に楽しみましょう！」

レンは右手の掌《てのひら》をファーレンに左手の掌をエミリアに、それぞれ向ける。

「空間切除」

彼女らがいる空間が歪み、直後、２人は地面を蹴り、横に跳んだ。

「嵐よ、巻き起これ」

強力な竜巻が出現し、レンに襲いかかる。

しかし、竜巻それ自体に大した威力はない。

だからこそ、エミリアはファーレンに目配せをする。

「聖気の破片」

ファーレンがキラキラと光る破片を掌の上に作り出し、竜巻の中に投げた。

聖魔法は対人用ではない。

武闘会や四大祭では、聖魔法の使い手が不利である。

しかし、魔物が相手になった途端、聖魔法は強力無比な魔法となる。

〈生〉を表す聖魔法と〈死〉を表す瘴気。相反する性質を持つからだ。

瘴気を纏《まと》ったレン相手にも聖魔法が効くというわけで――。

「ああ、あぎぃぃぃぃ！　汚い汚い汚いぃぃぃ！」

竜巻がレンを襲い、その中に混じっている聖気が彼の体を切り裂く。

暴れ回るレンの姿は、まさに狂人そのもの。

狂ったように叫び、そして、彼は憎悪の目でファーレンを睨んだ。

「空間切除ぉぉぉぉ！」

レンを中心としながら、全方位の空間に亀裂が入った。

直後に空間が歪み、切断される。

エミリアは風による移動――風巻《しまき》を駆使し、避ける。

それに対し、機動力に欠けるファーレンは、

「いッ……」

空間の歪みを避けきれず、彼女の腕や足に亀裂が入る。

腕が折れ、足が歪《いびつ》な方向にねじ曲がる。

だが、ファーレンには回復魔法がある。

「治癒――！」

致命傷となるモノだけを避け、多少の痛みを許容し、回復魔法を使用する。

空間魔法とは防御不能の魔法であり、それが脅威となっている。

だが、付け入るスキはある。

空間に歪みが生じてから切断が行われるまでに、多少のタイムラグが存在することだ。

「このままでは埒《らち》が明かないわ」

エミリアは状況が悪化する一方であることを察し、打開するために思考を巡らす。

接近戦は論外。身体強化すらまともに扱えない彼女らが、レン相手に勝ち目があるとは到底思えない。それなら、遠距離魔法で戦うしかない。

だが、しかし。エミリアとファーレンにはそんな余裕がなかった。

結局、逃げ続けることしかできない。

そうこうして戦っているうちに、パーティ会場からだいぶ離れたところに来ていた。

そんなときだ。

ふと、エミリアは思いついた。

「ファーレン！　助っ人を探しに行って！　学園長がパーティ会場で倒れているはずだわ！」

学園長が、生徒を助けるために犠牲になったのを、エミリアは見ていた。

その後、オーウェンを助けることで頭が一杯になり、今まで忘れていたが……。

戦闘不能の学園長を呼びに行ったところで、戦闘の役には立たない。

しかしこちらは、聖女であり、回復魔法の達人であるファーレンがいる。

ファーレンなら、学園長を治療でき、そして、学園長ならレンと対等に戦える。

手札がないなら、手札を増やせばいい。

「しかし！　彼を1人で相手取るなんて無茶です！」

「こんな状況で1人も2人も関係ないでしょ！」

エミリアとファーレンは叫び声を上げながら会話する。

レンの無差別攻撃の前では1人であろうと2人であろうと、そう大差ないことだ。

「そういうことだから行って頂戴！」

エミリアの怒号にファーレンは逡巡《しゅんじゅん》を見せる。

だが、それも一瞬のこと。

「すぐに戻ってきます！」

ファーレンはそう叫んでからパーティ会場に向かって走り出した。

レンは1人愉悦《ゆえつ》に浸っているようで、ファーレンが離脱しても気づいていないようだった。

意外にも簡単に抜け出せたファーレンは学園長を探すためにパーティ会場に向かう。

そうして少し走るとパーティ会場にたどり着いた。

改めて見ると、凄惨な光景が広がっていた。

ここにいる人たちをできることなら全員助けてあげたい。

瓦礫に埋もれている人を救い出し、重傷を負った人の傷を治し、苦しむ人々を救ってあげられたら、ファーレンの気持ちは楽になるだろう。

だが、それは自己満足であることをファーレンは理解している。

だから、無差別に人を助けることはしない。

瓦礫を持ち上げながら必死に学園長を探す。

しかし、全く見つからない。

（ここに学園長はいないのでしょうか……）

もし、学園長がいないのなら、エミリアの策が無駄になってしまう。

焦りが募る。

瓦礫処理によって皮膚が裂けるのも気にせず、彼女は学園長を探し続けた。

そうしているときだ。

ゴツン……と、額に何かが当たった。

直後に、それが人だと気づく。

「ごめんなさい」

ファーレンはすぐさま、謝罪を口にして視線を上げた。

そこには、彼女のよく知る人物、ユリアンがいた。

◇◇◇

レンは狂気の笑みを浮かべ、ひたすらに空間魔法を放ち続けていた。

馬鹿の一つ覚えみたいな攻撃だが、それを馬鹿にできないのが空間魔法の厄介なところだ。

エミリアは隙を見つけては攻撃を仕掛けるものの、レンのもとに届くことはない。

レンと1対1で戦う現状に、エミリアは苦々しい表情を浮かべて逃げ回る。

戦闘狂であればこの状況を楽しめるだろう。

だが生憎《あいにく》、死を間近にして高揚できる神経を彼女は持ち合わせていない。

エミリアはどちらかと言えば、戦闘が嫌いだ。

苦手ではないが、得意でもない。

しかし、だからと言って、この状況を他人に押し付けるような薄情者にはなれない。

かつて、ハイオークと出遭ったときに逃げてしまった自分。

あのときの出来事は時が経っても忘れ難く、エミリアの心の底に澱《おり》のように残っていた。

当時、彼女にできることと言えば先生を呼びに行くことくらいだった。

それが最適解だった、と今でもそう考えている。

しかし、エミリアに力があれば、違う結果になっていたかもしれない。

力がないから……。

だから彼女は、自分の行動を正当化してハイオークから逃げた。

結局、エミリアはオーウェンに責任を押し付けて、あの場から逃げたのだ。

オーウェンをナタリーの救援に向かわせることができて良かった、と彼女は安堵《あんど》する。

オーウェンをこんな所で立ち止まらせるわけにはいかない。

ヒーローにはヒロインを救うという大事な務めがあるのだから。

そして、脇役であるエミリアにも務めがあった。

「風巻《しまき》」

風による高速移動は加減が難しく、オーウェンのように自由自在に動き回れるわけではない。

だが、エミリアは風を器用に操り、身体強化を超える速度で動き回っていた。

このまま逃げ続ければ、レンが魔力切れするのではないか。

……そんな微《かす》かな希望が彼女の頭をよぎる。

しかし、それがいけなかった。

「あっ……」

左腕に違和感を覚えた。

直後――、

「うぐっ……」

焼けるような痛みが走った。

肘が変な方向にねじれていた。

思考が途切れる。

「……くっ……」

激しい痛みにエミリアは苦悶の声を漏らす。

呼吸が苦しく、血と汗が混じった液体が額から頬へと伝わる。

その場に倒れ込みそうになる。

「――ッ」

なんとか足腰に力を入れて踏みとどまった。

エミリアは顔を上げ、前を見る。

諦めるな、と自分を奮い立たせようとしたときだ。

彼女の立っている周辺。四方八方に空間の歪みが生じていた。

逃げ場がないッ！

エミリアは体中が引き裂かれる自分の姿を思い浮かべた。

そしてその瞬間、走馬灯のように時間がゆっくりと流れる体験を味わった。

人生の終了はこんなにも呆気《あっけ》なく――、

――終わらせない！

負けん気が強いエミリアは、歯を食いしばった。

絶望を打ち砕くために思考を働かせた。

その瞬間《とき》だ。

「――漆黒の監獄」

エミリアの視界が真っ黒に塗り潰された。

何もない、真っ黒な空間。

「ここは……？」

一瞬で世界が変わったことに、エミリアは驚きを隠せないでいた。

死を目の前にし、自分が狂ってしまったのか。

そう考えるものの、頭は正常に動いているように思えた。

それならここはどこだろうか。

その疑問はすぐに解決した。

「危なかったね。間一髪のところで君を保護できたよ」

直接、エミリアの脳内に語りかけてくるのはユリアンだった。

ユリアンの言葉から、エミリアは自分が彼に助けられたのだと悟る。

漆黒の監獄。

そういえば以前一度、その魔法を目にしたことがある。

四大祭におけるユリアン対オーウェンの一戦だ。

そこで、ユリアンが使った固有空間魔法。

エミリアはユリアンの固有空間に入れてもらうことで命を救われたというわけだ。

「ありがとうございます」

どこにいるかわからないユリアンに対し、感謝を述べる。

すると、次の瞬間、固有空間に亀裂が入り視界が開けた。

エミリアの眼前にはユリアンの背中がある。

そして、すぐ近くにファーレンがいた。

ファーレンはエミリアに気づくと、ささささっと近づいてきた。

「大丈夫ですか？」

「大丈夫……とは言い難いけど、なんとか生きてるわ」

エミリアはねじれた左腕を押さえながら言う。

ファーレンはエミリアの痛ましい左腕を見るや否や、回復魔法を使って治療した。

ファーレンの回復魔法の効果は絶大で、エミリアの腕は一瞬で元通りになる。

「遅くなって申し訳ありません」

「大丈夫よ。それよりも……。どうしてユリアンさんがここに？」

エミリアは疑問を口にする。

彼女はユリアンのことをよく知らない。

ナタリーの兄で『なんとなく怖い人だ』という印象しか持っていない。

「たまたまユリアン様に会いましたので。学園長ではありませんが、彼ならレン先生に対抗できると考えています」

「ははは、期待には応えないといけないね」

ユリアンは軽口を叩く。

しかし、内心では厄介なことになったと嘆息《たんそく》したい気分だった。

ユリアンはファラにやられて魔力中毒になった後、しばらくは動くのも億劫《おっくう》だった。

そうしていると、パーティ会場の方で爆音が聞こえてきた。

ふらふらの状態で駆けつけた頃には会場は全壊。

その直後にファーレンと遭遇した。

回復魔法で魔力中毒を治してもらったはいいものの、その後に連れてこられた場所が、ここだ。

目の前にいるレンの姿はユリアンの知っている『厳しくも優しい先生像』とはかけ離れていた。

以前から、ユリアンはレンのことを怪しいと感じていた。

今日はレンを捕まえる目的でパーティに出向いてきた。

情報は揃っていた。

レンが回帰主義者と接触していたことを突き止めていた。

そして、今回のパーティ中に彼が回帰集団と接触すると踏んでいた。

正直、レンが相手ならユリアン1人でも十分だった。

それに腕利きのファラも同行しており、こちらには十分な戦力が整っていた。

だが信頼していたファラが内通者であったことで、逆に追い込まれることになったわけだ。

と、過ぎ去ったことを考えても仕方がない。

ユリアンは目の前のレンを見据えた。
レンはよだれを垂らしながら、ぶつぶつと呟いている。
「エミリア、ファーレン。2人は下がって」
ユリアンはそう言った後に、
「僕は純粋な戦闘員じゃないんだけどね」とぼやく。
あくまで魔導団の中での話だが、ユリアンは戦闘に向いていない。
しかし、現状。
弱音を吐いてはおれず、ユリアンは気を引き締める。
それと同時にレンに魔法を放った。
「漆黒の雷《いかづち》」
雷と陰の複合魔法だ。
闇を宿した雷がレンの肩を貫く。
「痛い！　痛い！　あぁぁぁぁ、気持ちいぃ！　私は今、生きているのだ！」
肩にどでかい穴を開けたレンは奇声を上げた。
続けて、ユリアンが雷魔法を放った――。
しばらく、ユリアン優勢で戦いは進んでいく。
相性の問題もあるが、そもそもの実力としてユリアンの方が上だ。
空間魔法しか使えないレンに対し、攻撃のバリエーションが豊富なユリアン。

「あぁぁ、最高だ！　こんなに気持ちのいい日は初めてだッ！」

ユリアンは自身が優勢であることを理解しつつも、レンに薄気味悪さを覚えていた。

「漆黒の雷」

「空間転移――――！」

ユリアンの放った雷がレンに届く前に空間の歪みに呑《の》み込まれた。

直後、ユリアンの真横の空間に亀裂が走る。

そしてそこから、ユリアンに向かって雷が飛来してきた。

「いでよ、雷壁！」

ユリアンは難なく漆黒の雷を受け止めた。

「空間切除」

ユリアンが立っている辺り一帯の空間が歪む。

それはさながら斬撃のようにユリアンに襲いかかってきた。

ユリアンは身体強化を使って移動し、歪んだ空間を避けながら魔法を発動する。

「広がれ、暗黒！」

ユリアンを中心としてドーム状に闇が広がり、レンを呑み込んだ。

視界を塞ぐだけの魔法。

しかし、レンのように空間を把握しながら魔法を使う者には効果が絶大だ。

さらに、ユリアンは暗闇の状態でも相手の位置を正確に把握できる。

彼は瞬時にレンのもとに接近し、そして、右手でレンに触れる。

陰魔法の真骨頂《しんこっちょう》である精神破壊。

「――永久《とわ》に眠れ」

「があぁっがぁぁぁぁぁぁっ――――！」

レンのうめき声が、響き渡る。

ユリアンの使った精神破壊は、以前オーウェンに使ったものよりも強力で、残酷、無慈悲なものであり、相手を廃人にする魔法だ。

「ああ、あぁ……」

レンは焦点が定まらず、ふらふらと歩く。

そして、意味のわからない言葉を吐き出し始めた。

「私は魔女……魔女の一部。私は、誰だ？　私は、私は、私は……あぁぁあ、なんだ、お前は誰だ？　私は――」

レンは立ち止まる。

そして、ゆっくりとユリアンの方に向いた。

暗闇の中で、レンの視界は奪われているはずだ。

しかし、レンは正確にユリアンの位置を把握しているようだった。

「油断は禁物ですよ、ユリアン」

レンはユリアンの目前にいた。

そして、

「ごぉ……ぁ……」

ユリアンの脇腹を引き裂く。

ユリアンは激痛に襲われ、魔力制御を乱した。

その瞬間、暗闇が解け、夕刻の明かりが周囲を照らす。

「どうしましたか？　この程度ではないでしょう。あなたはもっと優秀な人物のはずです」

まるで教師のような口ぶりのレンに対し、ユリアンは戸惑いを覚える。

そして、そのときだ。

「聖なる槍《ホーリー・スピア》」

ファーレンがレンに対して魔法を放った。

横槍を入れられたことでレンは舌打ちをする。

「ああ、忌々しい。特に聖女。お前の存在が憎い。なぜ、私の邪魔をし、ソフィーの真似《まね》をする！　憎たらしい！　お前が憎いぞ！」

レンの姿が消えた。

次の瞬間——彼は空間転移でファーレンの隣まで移動していた。

そしてレンは拳を握り、ファーレンに殴りかかった。

だが、しかし——、

「がぁ……はっ……」

レンの口から大量の血がこぼれる。

「僕の精神破壊魔法を……舐《な》めないでくれる……かな？」

ユリアンは脇腹を押さえながら、ユリアンに言った。

ユリアンが使った精神破壊魔法は蛇のように体を侵食する魔法だ。

蛇がじわじわと体を嬲《なぶ》るように、他人の魔力に干渉し精神を狂わしていく。

最終的に蛇は精神の核を食い散らかし、人を廃人《はいじん》にする。

「あ……はっ」

レンはひゅうひゅうと枯れた呼吸を繰り返し、地面に両膝をつく。

「漆黒の雷」

ユリアンの放った雷がレンの胸を貫いた。

「ぐぅ……はぁっ」

レンは両膝を折って仰向《あおむ》けになって倒れた。

◇◇◇

――レンは自分の存在意義を求めていた。

彼は凡才であった。

クリスのように圧倒的な魔法の才能も、カザリーナのように卓越した魔法制御技術も、ファラのように豊富な魔力量も、何一つ持っていなかった。

ノマール家は魔法の名門である。

そんな中、凡庸《ぼんよう》な彼は自分の存在意義に悩んでいた。

彼は劣等感を抱いていた。

そんなとき、誰にでも分け隔てなく接するソフィーに惹《ひ》かれた。

ソフィーは聖女であり、同時にサンザール学園の先生でもあった。

彼女はレンに対して魔法の才能よりも重要なものがあると教えてくれた。

「魔法の才能がないことと、あなたの存在意義になんの関係があるのですか？　何も関係ありません。魔法が使えても使えなくてもレン君はレン君ですよ」

レンを窮屈な世界から救い出してくれた。

そして、レンはソフィーに心酔していった。

レンは聖魔法を使えないが、血の滲《にじ》むような努力で回復魔法を学び、どうにか習得できた。

全てはソフィーへの憧れと情念。

レンはソフィーのように誰かを救える人になりたかった。

かつての自分を救ってくれたみたいに。

だから、教師の道を志した。

しかし、ある日を境に状況が一変する。

レンは悠真に捕らえられたのだ。
そして、魔女の復活の儀式の生贄にされ、魔女の魂を植え付けられた。
魔女の力は強大かつ凶悪なものだった。
魔女の魂を刻み込まれた人物はレン以外にもいた。
10人いた生贄の中で8人はすぐに死亡した。
最も適合した人物の1人がレンだった。
そして、もう1人の適合者は魔女の力で狂い、狂人となって学園街を襲った。
レンも圧倒的な狂気を前に、精神が崩壊しそうになった。
しかし、それを救ってくれたのはソフィーだった。
彼の中にある魔女の魂――瘴気の塊を彼女は取り払った。
否、ソフィーはレンの中にある魔女の魂を自分の中に取り込んだのだ。
それによってレンは狂わなくて済んだ。
ソフィーは狂人と化した少年からも、レンと同様に魔女の魂を取り出した。
狂気の慈悲とは、聖女の狂気じみた慈悲から命名されたものだ。
魔女の魂を取り込んだソフィーの寿命は、大幅に短くなった。
「あなたの未来が明るいことを願います」
ソフィーがレンに言い残した言葉だ。
しかし、そこまでしても魔女の力はレンの中に残っていた。

魔女の力が狂気となってレンの体を徐々に蝕《むしば》んだ。

レンは魔女の支配に必死に抗《あらが》った。

狂いそうな中、ソフィーのへの情愛がレンの精神を支えた。

しかし、時が経つにつれ、ゆっくりと確実に彼の思考は乱れていったのだ。

レンは自分が自分でなくなっていくようで、恐怖心が日に日に増していった。

皮肉なことに、それはソフィーと会う前の存在意義を確かめていたレンと同じ状況だった。

彼は表ではまともな教師を演じていた。

しかし、裏では狂気に染まっている自分がいた。

二重に存在する自分に耐えきれず、異常者が集まるとされる回帰集団に入った。

自分の異常性を認めてくれる人間を求め、縋《すが》ってしまった。

レンの苦悩は、そこからさらに加速した。

レン・ノマールという人物の根本は悪ではない。

ソフィーのような善人でもないが、彼女に憧れる善良な心を持っていた。

悪人と善人の狭間で彼は悩み、苦しみ。

しかし、誰にも本心を告げることができずに彼は壊れてしまった。

そして今日、交流会という場で苦悩とともに力を解放し、暴れるに至った。

しかし、発散させたときの快感は虚《むな》しいモノだった。

残ったのは空虚な感情だ。

彼には何もなくなった。
精神破壊魔法によって全てが壊され、何も残らなかった。
彼は目を開ける。
ぼやけた視界の先に少女がいた。
その少女の姿がソフィーと重なって見えた。
「私の名前を……言ってくれ」
彼は少女に縋るように尋ねた。
自分の存在を証明して欲しかった。
「あなたはレン・ノマールです」
少女は決然とした瞳で彼に告げた。
(ああ……私はレン・ノマールだ)
ずっと探し求めていた〝自分〟という答えが出た。
レンの両手をファーレンが優しく包み込んだ。
レンはその温もりに、ソフィーのような温かさと安心感を覚えた。
そして、静かに瞳を閉じた。

第十一幕

重力魔法で空を駆ける。

回帰主義者たちを探していたが、見つからなかった。

そこでひとまず新校舎と旧校舎を繋ぐ、渡り廊下に降り立つ。

すると、カザリーナ先生とシャロットもそこにいた。

「シャロット、カザリーナ先生！」

着地と同時に、彼女らに駆け寄る。

2人とも大きな怪我はないようで、ひとまず安心する。

「無事で良かったです」

「オーウェンさんも無事で何よりです」

カザリーナ先生がほっと胸をなでおろす。

「俺は大丈夫ですが……ナタリーが連れ去られてしまいました」

カザリーナ先生は眉間に皺《しわ》を寄せながら頷いた。

「私たちもナタリーさんを追ってきました」

「追ってきたというと……ナタリーの場所がわかるんですか？」

「ここに来る途中、偶然ユリアン様に会い、話を聞きました。ナタリーさんを連れ去った集団はおそらく美術室にいます」

　美術室は旧校舎の中にある。

「わかりました。向かいましょう」

　ちらっとシャロットを見る。

「シャロットはどうする？」

　シャロットが不安そうにしていた。

　俺やカザリーナ先生と比べて、シャロットはこういう経験に慣れていなさそうだ。

　そう思って声をかけた。

「私は……一緒に行きます」

　シャロットは声に緊張を含ませながら言った。

「わかった」

　俺は頷いた後に、前を向いた。

　そして、渡り廊下から旧校舎に入った、その瞬間――。

　ぞくり……。

　鳥肌が立った。

　危険を察知して後ろに跳んだ。

　すると、その直後だ。

「――ッ」

俺の目と鼻の先に刀が走った。

「いい反応だね」

判断が一瞬でも遅れていれば斬られていた。

心臓がどくどくと脈打つ。

刀を握る人物に視線を移す。

「……人斬りジャック」

中等部の四大祭期間中に敵対した人物だ。

クリス先生がいたからあの場はなんとかなった。

当時の俺では全く歯が立たなかった。

そんな苦々しい記憶が蘇《よみがえ》る。

純粋な戦闘力では三ツ星に迫ると言われた猟奇的な人斬り。

クリス先生にやられたことで、隻腕となったとは言え油断できない相手だ。

「前回、君を食べられなかったのは、この瞬間のためだったんだね！　神様も粋なことをしてくれる！」

「人斬りが神を信じているとは思わなかったな……」

「僕だって神を信じているさ！　こんなにも血で満ちた世界に、僕を遣《つか》わしてくれてありがとう！

僕こそが神の使徒だ！」

「神官に聞かせたらブチ切れられるだろうな」

「ははは！　神官は斬りごたえがないから、好きじゃないな。それに比べ君は、今、最高に美味しそうだ！　ああ、やはり僕は恵まれている！」

ジャックは光惚とした表情を浮かべ、俺を舐め回すように見た。

絡みつくような視線に背筋が粟立つ。

と、次の瞬間――、

「君の相手は僕だよ」

俺の真後ろから現れたベルクがジャックに斬りかかっていた。

――ガキンッ
ベルクの剣とジャックの刀が交差し、火花を散らす。

「感動の再会を邪魔しないでくれるかな？」

「そちらこそ、僕の友人の邪魔はしないでくれ」

短い言葉のやり取りの中、２人は息をつかせぬほどの剣戟《けんげき》を見せる。

お互い一歩も譲らない。

「オーウェン、先に行ってくれ。ナタリーを助けるのは君だよ」

ベルクがジャックの攻撃をいなしながら言う。

「ああ、わかった！　ここは任せた！」

俺は首を縦に振った。

ベルクならジャックを倒してくれる。

そう確信している。

だから、ベルクをここに残すことに全く心配をしていない。

剣戟が止む。

ベルクとジャックが睨み合う。

「勝てよ、ベルク」

俺の一言に、ベルクは白い歯を見せて、

「もちろんだ」と頷いた。

「もっと遊ぼうよ！　オーウェン！」

ジャックがベルクから視線を外さず、俺に殺気を飛ばしてきた。

「――――ッ」

体が硬直する。

しかし、それも一瞬のこと。

ジャックの殺気に尻込みをしていた過去の自分とは違う。

「僕では不満かい？」

ジャックはベルクから放たれる覇気《はき》を感じて、悦《よろこ》びに震えた。

「ああ、いいとも！　最高だ！　その歳でそこまでの練度！　存分に殺《や》り合えそうだよ」

ジャックは三日月のように細い目をさらに細めた。

2人は同時に動き出す。

俺は彼らの戦いに背に向けて、この場を去った。
そして、少し遠回りし、別ルートから旧校舎に入ることにした。

◇◇◇

「勝てよ、ベルク」
オーウェンからの一言がベルクの胸に突き刺さる。
結局、ベルクはオーウェンに一度も勝てなかった。
四大祭で二度の敗北。
さらに、武闘会や模擬戦を含めれば何度負けたことだろうか。
悔しさはあった。
それをバネに今日まで励んできた。
ベルクは剣を中段に構え、意識を研ぎ澄ます。
隻腕であるにも関わらず、ジャックはベルクと同等の剣技を見せつけてきた。
「――――」
ジャックから放たれる殺気は刺々《とげとげ》しく、ベルクの肌をひりつかせる。
しかし、本当の強者とは無意味に殺気をばら撒かない。
ベルクは、呼吸するのと同じくらい自然にジャックに接近した。

――キンッ
剣と刀がぶつかること。

激しく舞う剣閃。

あまりの速さに、視覚だけでは追いきれない。

身体強化を施したところで、人間の動体視力には限界がある。

だから、相手の次の動きを予測する。

そもそも接近戦とは予測と予測の戦いだ。

ベルクの剣がジャックの頬を掠ると、ジャックは笑みを深めた。

「あぁ、気持ちいい。殺し合うことで僕たちは生を感じることができる。ねえ、そうだよね？」

ジャックはベルクに同意を求めてきた。

「僕にはわからないね」

狂気じみた言動とは裏腹に、ジャックの戦い方は非常に洗練されていた。

長刀を隻腕で扱うこと自体が非常識である。

両手用の刀を片手で扱えるのは身体強化があってのことだろう。

しかし、身体強化と言っても技術を補填《ほてん》するものに過ぎない。

並の使い手なら刀に振り回されるのがオチだ。

隻腕で器用に刀を扱うジャックの腕前は相当なものだろう。

「もっと！　もっと魅せてくれ！　気持ち良く、楽しく、この刹那に生命《いのち》を散らそう！」

廊下という狭い空間。

ジャックにとって不利なはずなのに、それでもジャックはベルクと互角の戦いを見せている。

お互い一歩も譲らない戦闘。ヒートアップしていく。

「ッ……！」

ジャックの一振りがベルクの目前に迫った。

ベルクは体を前のめりにし、床を滑って刀を避ける。

そして、ジャックの背後に立つや否や振り返って剣を振った。

すると、カキンッ、金属がぶつかる音が響く。

――カン、カン、カン
刀と剣が火花を散らして衝突する。

ベルクは姿勢を前傾にした。

勢いづいた状態で一閃を加える。

しかし、その一閃はジャックには届かなかった。

ジャックは一度後ろに下がって体勢を立て直す。

かと思いきや、斜めに飛び込んだ。

曲芸じみた動きで壁を走りながら、ベルクに斬りかかる。

ベルクは半身をジャックに向け、剣で刀を受け止めた。

2人は交差した刹那、同時に振り返る。

激しい戦いを物語るかのように、ベルクの額から汗が噴き出す。

「ああ、こういうのを僕はやりたかったんだ」

息を切らしながら、ジャックは喜色を浮かべた。

対して、ベルクは、無言でジャックを見つめた。

「無口とは辛いね。もっと、今を楽しもうよ。命を賭けた戦いにこそ悦びがある。そう思わないか?」

「価値観の違いだね」

「そうでもないよ。剣を交え、殺り合った僕ならわかる。君は心に獣を宿している。解放の仕方を知らないだけだ。我慢しなくてもいいんだ。さあ、今が解き放つときだ!」

「たった、数度打ち合っただけで理解できるほど僕という人間は浅くないよ」

ジャックは目を細め、刀身を腰に据えた。

「そうかい、そうかい! わからないなら、わかるまで殺り合うまでのこと! 満月の夜にもぴったりな、祝宴《しゅくえん》を挙げよう」

ベルクは意識を研ぎ澄ませた。

息遣い、服のこすれる微かな音、視線の動き。

ジャックの一挙一動に細心の注意を払う。

ジャックの腕がだらりと下がる。

ジャックが次の動きに入ろうとするのを、ベルクは全身で感じ取った。

――来るッ

ベルクがそう感じた瞬間に、ジャックが動き出した。

「三日月斬り」

横一閃。

刀の通った軌道は三日月を彷彿させる。

それは、無駄のない洗練された動きで、美しい曲線を描いていた。

しかし、ベルクにとって想定内の一撃だった。

正確にベルクの首を狙った刀の軌道。

「――――」

ベルクはわずかな動きで躱した。

ジャックとて、至近距離で刀を振りきるような愚行《ぐこう》は犯さない。

確実に仕留められる。

その確信を持って、ジャックは刀を振りきったのだ。

目で見てから反応していたら、ベルクの喉は斬られていた。

ジャックの初動から、刀の軌道を読みきりベルクは避けることができた。

ベルクはオーウェンのように、派手な魔法を使うことができない。

その身に宿した剣技一つで、強者と渡り合ってきた。

それがベルクの唯一の武器であり、最強の武器でもあった。

——ザンッ
刀がベルクの鼻先を通り過ぎる。
ただ、愚直《ぐちょく》に磨いてきた剣。
ベルクはグリップをそっと握り直す。
刀はリーチが長い分、一度振ったら次の動きが遅れる。
その一瞬は、ベルクが攻勢に転じるに十分な一瞬となった。
「――――」
ベルクは全神経を集中させた。
視界は明瞭。
狙うは一点。
ジャックの首。
左足から右足に重心を移動させる。
体を前のめりにし、右足に力を込める。
——ダンッ
瞬間的に爆発的な速度を生み出す。
刹那、彼のかけた負荷に耐えきれなかった床が割れる。
ベルクは左足で1歩踏み込むと同時に、剣を振った。
「はぁ——!」

特別な技名はない。

派手な一撃でもない。

自分の動作範囲を見極め、相手の動きを観察し、剣を振っただけの一閃だ。

ただ、それだけの技だ。

しかし、そこに込められた想いは——、

——ザシュッ
満月の夜、血しぶきが舞う。

ベルクはジャックの首を斬った。

まだ、ベルクの剣は理想の剣とはほど遠い。

しかし、彼の全力は間違いなくジャックに届いていた。

「ああ、なんて綺麗な赤だ……」

ジャックは死ぬ間際だというのに、自身の血を見て恍惚とした表情を浮かべた。

凶悪犯罪者として悪名を轟《とどろ》かせた人斬りジャックの最期は、あまりにも呆気なく……静かなものだった。

◇◇◇

カザリーナたちは旧校舎を進み、美術室にたどり着いた。

室内はいつもと同じようで、1つだけ決定的に異なる点があった。

本来であれば、美術室には『ユーマの叫び』という絵画作品が飾られている。

言うまでもなく、ユーマ・サトゥの作品であり、不気味な背景の中で1人の青年が叫び声を上げている絵だ。

見ているだけで不安を煽《あお》られるような作品である。

かの天才ユーマ・サトゥの多才に人々が感嘆した。

しかし現在、『ユーマの叫び』があった場所には穴が開いており、人が入れる空洞ができていた。

この先に何かがある。

とカザリーナでなくとも、そう思わせる穴だ。

真っ先にオーウェンが空洞に入ろうとした。

その瞬間、カザリーナが視界に捉えたのは死角からオーウェンを狙う女性の姿だ。

「――風撃《ふうげき》」

カザリーナは、その女に向けて魔法を放った。

すると、女性は後ろに跳んで魔法を回避した。

「あらあら、できそこないのカザリーナが、よく私に気づけたわね」

その女はファラだった。

ファラはカザリーナへ見下すような侮蔑《ぶべつ》の目を向けた。

「体も殺気も全く隠せていませんでしたよ」

ファラは眉根を寄せる。

そして、彼女は敵対心をむき出しにしてカザリーナを睨みつけた。

「先に行ってください、同期の後始末をしなければなりませんので」

カザリーナはファラの鋭い視線をいなしながら、オーウェンとシャロットに向けて言う。

オーウェンは強く頷く。

そして、空洞の中に入ろうとしたが、

「あらら、後始末だなんて物騒ね」

ファラがオーウェンの行く手を遮った。

「これでもオブラートに包んだつもりです」

カザリーナはファラに人差し指を向ける。

「風穴《かざあな》――――！」

一点に集中された強力な一撃。

風魔法がファラの肩を掠め、壁に真ん丸い穴を開けた。

カザリーナの魔力量は少ない。

だからこそ、無駄のない魔法を極めてきた。

ちなみに、この技はオーウェンの『銃弾』をもとに編み出した技だ。

カザリーナはオーウェンに教えながらも、同時に彼からたくさんのことを学んでいた。

「ちっ……。後始末されるのはどちらか、教えてあげるわ」

ファラは苛立ちを覚えて舌打ちをした。

彼女はカザリーナに向けて魔法を発動しようとした、が、しかし――、

「――穴隙《けつげき》」

カザリーナの魔法の方が早かった。

ファラの足元の床がなくなり、

「――――ッ」

ファラは足場をなくし、一階の教室へと落ちていった。

「今のうちに行ってください！」

カザリーナがオーウェンたちに向けて言う。

すると、オーウェンが、

「カザリーナ先生！」と言った。

カザリーナは視線をオーウェンに向ける。

オーウェンが昔の面影を残しながらも、成長した表情で告げた。

「いってきます」

「はい、いってらっしゃい」

立派な魔法使いの顔をするオーウェンを見て、彼ならきっと大丈夫、とカザリーナは確信した。

ファラが美術室から消えている間に、オーウェンとシャロットは『ユーマの叫び』の奥にある暗い道へと足を踏み入れる。

後は頼みましたよ、とオーウェンたちに向けてカザリーナは呟いた。
だが、カザリーナの方も楽ではない。
相手がファラである。
クリスを除けば、同期の中で間違いなくファラが一番優秀だった。
それと比べて、カザリーナは目立った成績を残していなかった。
「過去の成績と今の実力は必ずしも比例しないですよね」
とカザリーナは自分を納得させた。
そして、彼女はポケットから緑桜色の魔石を取り出す。
それは自身の魔力が込められた魔石である。
魔石から魔力を供給することで一時的な魔力増強を可能とする。
魔石に頼ることで、ようやくカザリーナは天才たちと渡り合うことができる。
彼女は緑桜色の魔石を床に押し付けた。
「砂塵の嵐が鋭利な刃となる！　切り裂け――風斬《かざきり》」
カザリーナの直下、ファラがいる部屋に斬撃の嵐が降り注ぐ。
土と風の複合魔法。
砂が風に乗って刃となる。
壁がずたずたに切り裂かれた。
椅子や机が吹き飛び、室内は一瞬にして様相を変えた。

ファラは窓を割って外へと飛び出し、斬撃の嵐を躱す。

地面を転がり、すぐさまカザリーナがいる部屋に視線を移す。

「放出せよ、水の糸」

細い糸状の水を美術室の窓に向けて放った。

水の糸は1人分を支えられるだけの強度を誇り、ぐるぐると窓の外にある手すりに巻き付く。

「縮め！」

水の糸が短くなっていく。

それにしたがってファラは宙を浮く。

——バリンッ
美術室の窓を叩き割って中に侵入した。


ファラは魔導団での仕事に、不満を持っている。

彼女はクリスに次ぐ成績を残し、サンザール学園を卒業し、魔導団に入団した。

圧倒的な魔力量をもって敵をねじ伏せるのが得意であり、好戦的な性格から戦闘部隊への配属を希望した。

しかし、そこで待っていたのは裏方の仕事である。

水魔法が戦闘に向いていない、という理由で戦闘部隊に入れなかった。

さらに、ファラは氷魔法の使い手——クリス・クリフォードの下位互換として見られており、それが耐え難い屈辱だった。

水は氷の下位ではない。

そもそも、特性が全く違うため同じ次元で比べること自体おかしな話である。

加えて、ファラをイラつかせたことがある。

それは好敵手だと思っていたクリスが、自分のことを全く視野に入れていなかったことだ。

クリスは才能の欠片《かけら》もないカザリーナをライバルとして扱っていた。

あのような底辺をライバルと見なし自分を無視していたことに、ファラは激しい憤《いきどお》りを覚えた。

だから、少しだけカザリーナに対して悪戯をしてやった。

カザリーナが、どこからも声をかけられないようにこっそりと裏で手を回した。

曲がりなりにも、カザリーナはサンザール学園でAクラスまで上り詰めた人物だ。

どこにも就職できない、なんてことはありえない。

カザリーナの魔力量が微小であっても、彼女の才能に惚れ込む者もいた。

だから、ファラは自身のネットワークを使ってカザリーナに不利な噂を流した。

彼女は教師と親しかったこともあり、予想した以上に上手く事が運んだ。

カザリーナの家が困窮していることも知っており、カザリーナの焦る表情を見るのが楽しくて仕方なかった。

カザリーナにオーウェン・ペッパーの家庭教師の依頼を回したのもファラだった。

カザリーナは藁《わら》にもすがる思いで、当時、悪評高かったオーウェンの家庭教師を引き受けた。

それを見たファラは、随分と堕《お》ちたものだな、とほくそ笑んでいた。

そこまでは、全て計画通りだった。

なのに、それなのにどうして――、

「どうしてあんたがそこにいるのよ！　邪魔なのよ！」

オーウェンが若手No.1と言われる魔法使いに成長し、同時に彼を教えたカザリーナの名声も高まっていた。

天才のおこぼれに与《あずか》るだけの存在！

まさに寄生虫！

とファラはカザリーナのことを今でも下に見ている。

氷結の悪魔の好敵手にして、飛翔のオーウェンの師匠。

その名声はファラが欲しかったものだ。

憎たらしい、と嫉妬《しっと》の炎がファラの心を支配する。

「あなたに邪魔だと言われる筋合いはありません」

カザリーナは、きっぱりと否定する。

カザリーナからすると、ファラが自分に敵対心を抱いている理由がわからなかった。

いい意味でも悪い意味でも、カザリーナは謀略《ぼうりゃく》とはほど遠い性格をしていた。

だから、ファラが自分を貶めようとしていても全く気づかず。

カザリーナは自分の力不足で職がない、と思っていた。

彼女はファラの気持ちを全く理解できない。

だが、ファラが敵であるなら、カザリーナのやることは決まっている。

回帰主義者であるファラの討伐、今この場でカザリーナに課せられた使命だ。

カザリーナは同期として一緒に学んだ仲だからこそ、自らの力でファラを討とうと決意した。


美術室でカザリーナとファラはお互いの様子を窺うように睨み合う。

先に動いたのはファラだった。

「出現せよ、溶解液！」

ファラが液体を発射し、カザリーナはそれを避けた。

じゅわっ……。

液体が当たった箇所の壁が音を立てて溶けた。

「風穴」

カザリーナの放った鋭い風の一撃。

今度はファラが避けた。

お互い容赦《ようしゃ》ない一撃を放つ。

ファラは魔法によって複数の溶解液を作り出し、カザリーナに向けて時間差で放った。

当たれば、皮膚が爛《ただ》れる。

彼女はカザリーナの全身を爛れさせた上で生き地獄を味わわせたいと思っていた。

なんと悪趣味なことだろうか。
それに対し、カザリーナは身体強化を使って教室を駆け、跳び回って回避する。
「いでよ、溶塊《ようかい》」
ファラが続けて魔法を放った。
直径1メートルほどある水球が教室の真ん中に出現する。
そして、直後――――、
「――弾け、散れ！」
ファラは叫ぶと同時に、後ろに跳んで2階の窓から外へと飛び降りた。
その刹那、溶解液の塊が破裂し、四方八方に水弾となって飛び散る。
触れた瞬間、人も物も溶かしてしまう液体だ。
カザリーナは防御障壁を展開すべく、両腕を突き出した。
「風壁！」
カザリーナの前方に風の守りが現れる。
溶解液が彼女を避けて、辺りに飛び散った。
だが、全ての溶解液から体を守りきることができず、カザリーナの服の一部が溶ける。
さらに、その下の皮膚が爛れた。
教室内は酷い荒れようだ。
そこら中が焼けたように黒く変色し、凄惨な光景となっている。

そうして、攻撃が止んだ直後だ。
――ドシャァァァン
カザリーナの立っていた足元が崩れた。
溶解液によって床の一部が崩れたのだ。
「――――ッ」
カザリーナは身体強化を使い、着地に備えた。
落下中に彼女は真下を確認する――。
そこには水たまりができていた！
「発射せよ、水球！」とファラが詠唱した。
水たまりが形を変える。
それは水球となって、カザリーナに向かって放たれた。
カザリーナは空中で体を捩る。
だが――、
「う……ぐっ」
避けきれず、水球が肩に被弾する。
痛みに耐えながら地面に着地する、その直前だ。
……ポタポタ。
水が滴る音が室内の至るところから聞こえてきた。

彼女は瞬時に思考を巡らす。

土魔法や水魔法は他の属性と比較して威力が低い。

しかしその代わり。

罠を仕掛けるのに最適な属性である。

「ッ……！」

室内のあちらこちらにある水たまり。

それらは魔力を内包しており、一気に膨れ上がった。

危険を察知したカザリーナは、着地の反動をバネに窓の外に向かって駆け出す。

直後、地を這《は》うような低い轟音とともに室内が爆発した。

爆破の勢いで、校舎の外へと放り出される。

「――――」

地面に転がるカザリーナに向けてファラが魔法を発動してきた。

「沸き立つ水柱！」

カザリーナの直下から水の柱が立った。

彼女は転びながら水柱を避け、すぐに立ち上がった。

「滝となり、敵を呑み込め！」

カザリーナに向かって、大量の水が落ちてきた。

カザリーナは、ポケットの中にある緑桜色の魔石を握る。

そして、自身の体内に魔石の魔力を流し込んだ。

「――――」

急激に体内の魔力が増加すると、魔力酔いが起こりやすくなる。

だが、魔力制御に慣れている彼女からすれば、供給した魔力を即座にコントロールすることなど容易い。

さらにその直後、カザリーナは魔力循環を行った。

それによって、身体能力を格段に向上させ、地面を蹴って空に跳んだ。

――ここまでの時間は1秒未満。

天才的な魔力制御と言えた。

カザリーナは空中で身体強化を解除する。

それと同時に、彼女はポケットの中から小さな魔石を3つ取り出す。

そして、魔石をファラに向かって投擲《とうてき》。

ファラの周りに魔石が散らばった。

「共振し、炎爆せよ!」

魔石に内包された魔力がカザリーナの詠唱に呼応し、共振する。

次の瞬間、

――ドゴォォォォン
魔石同士が共鳴し、大爆発を引き起こした。

遠距離にある魔石を用いた大爆発。

緻密な魔力制御が必要とされる。

神がかった魔法制御を見せるカザリーナを、クリスが好敵手として認めるのも納得がいく。

大気を揺らす炎爆は鼓膜を震わせた。

カザリーナが地面に降り立った瞬間――、

「カザリイィィィィナァァァァァ――!」

狂乱の絶叫が響き渡る。

ファラが激怒し、カザリーナを睨みつけていた。

ファラは爆発の直前に全身を水で覆い、体を保護していた。

しかしファラの予想を遥かに超える爆発により、彼女は全身に大やけどを負い、痛々しい姿になっていた。

ファラは視線で人を殺せそうな鋭い眼差《まなざ》しをカザリーナに向ける。

そして、怒りをもって魔法を発動させた。

「水よ、串刺しにせよ――針地獄!」

カザリーナの直下、水たまりが形を変えた。

地面一帯に複数の鋭い針が出現する。

それは、まさに針地獄だ。

鋭い針がカザリーナの肩、膝、足裏に突き刺さった。

「く……っ……！」

カザリーナの口から苦悶の息が漏れる。

思わず、彼女は膝を折った。

「終わりよ、カザリーナ」

ファラは痛みに顔を歪めるカザリーナの表情を見て唇を吊り上げた。

土が濡《ぬ》れて泥となっており、所々に水たまりができている。

ここら一帯はファラのテリトリーだ。

水魔法の最も合理的な使い方。

大量の水を作り出し、それを罠として設置していた。

「水刃《すいじん》！」

ファラはカザリーナの真下から、水の刃を放とうとした。

否、放ったつもりだった。

だが──、

「なぜ……⁉」

ファラの魔法は発動しなかった。

ファラは、驚きの目でカザリーナを見る。

カザリーナは地面に手をついて、にやりと笑みを浮かべていた。

直後、

「まさか」

とファラは声を漏らす。

カザリーナがやったことは、魔法解除と呼ばれる魔力制御の一種だ。

魔法とは想像を現実とするものである。

他人の想像に干渉できない以上、魔法を発動前に止めることは難しい。

しかし、魔法発動の直前に、他人の魔力に干渉することで魔法を解除することができる。

ファラが流し込んだ魔力にカザリーナは自身の魔力をぶつけた。

それだけの行為だ。

しかし、原理として簡単なことであっても実戦での使用は恐ろしく難易度が高い。

想像から現実へと魔力変換が行われる一瞬の間に魔力を打ち消す必要がある。

失敗には多大なリスクを伴い、魔法解除をするにはリターンが少なすぎる。

「…………」

ファラが驚愕《きょうがく》で固まる。

「風穴――！」

その一瞬でカザリーナはファラに向けて魔法を放つ。

ファラはすぐに意識を切り替えて避ける。

しかし、太腿《もも》に風穴が当たり、

「う、ぐぁ……！」

ファラは足を貫かれたことでバランスを崩し、その場で転んだ。

カザリーナは全身に身体強化を施し、痛む足に鞭《むち》を打って針地獄の上を疾走した。

「水よ――」

ファラはすぐにカザリーナに向けて魔法を放とうとする。

しかし、カザリーナはすでにファラの目前に迫っていた。

「――鉄拳！」

鉄拳とはカザリーナがオーウェンに教えた技であり、本家である彼女の威力はオーウェンのそれを大きく上回る。

鋼鉄を宿したカザリーナの右手がファラの腹にめり込んだ。

「が……はっ……」

ごきっと骨が砕ける音がした。

直後、ファラは血反吐を吐きながら地面に倒れた。

カザリーナはぴくりとも動かなくなったファラを見て勝利を確信した。

しかし勝利の反動は大きく、

「…………」

体中が傷だらけだ。

カザリーナはその場で腰を下ろした。

「しばらくは動けそうにないですね」

とカザリーナは自身の状況を冷静に分析する。

そして、美術室の方に視線を向け、

「オーウェン様……頼みましたよ」

と呟いた。

カザリーナにとってオーウェンは最初の生徒であり、最高の生徒である。

これまで、カザリーナは深い愛情を注いでオーウェンを見守ってきた。

しかし、すでにオーウェンはカザリーナのもとを離れ、飛翔の二つ名を体現するように大きく成長していた。

「あなたならきっとできます」

カザリーナはそう信じながら、オーウェンにエールを送った。

◇◇◇

『ユーマの叫び』の裏にある穴。

そこに足を踏み入れると、突然、薄暗い洞窟のような通路に切り替わった。

じめじめした場所だ。

壁はごつごつしており、等間隔に明かりが設置されている。

土の中を無理やりにくり抜いたような場所であり、全く舗装《ほそう》されていない。

「空間転移……もしくは固有空間ですかね」

シャロットが呟く。

絵が掛けられていた壁を物理的に突き破ったとしたら、他の教室に繋がっているはずだ。

しかし、俺たちの視線の先にはまっすぐの道が続いている。

「見た感じだと空間転移の方だろうな」

固有空間なら、もっと人工物らしい造りになっているはずだ。

作り出した人の趣味かもしれんが。

まあ、固有空間であろうと空間転移であろうと関係ない。

「罠かもしれません」

シャロットが、きゅっと制服の袖を掴んだ。

「今更それを言っても仕方ないだろ。ここまで来たら進むしかない」

「果たして、私たちはナタリーさんを助けられるのでしょうか？」

シャロットが緊張した声で話しかけてくる。

「助けるしかない」

できるかできないか、なんていう選択肢の話ではない。

やるしかないんだ。

「先輩は……強いですね」

シャロットが声を漏らす。

「強くなんかないよ。俺だって怖い」

もし、助けられなかったら、と考えると恐怖で足がすくみそうになる。

でも、もう自分の力不足を嘆きたくないだけだ。

大切な人を失いたくない。

「引き返すなら今だぞ。シャロットが行かなくても俺1人で先に進む」

「いえ、大丈夫です。すみません、心配かけて」

シャロットがまっすぐに前を見て言った。

俺はそれを確認すると、走り始めた。

しばらく通路を進む。

すると岩でできた重厚な両開き扉を発見した。

扉は閉まっている。

中央には複雑な紋様が刻まれていた。

扉の上の壁にはロバを連れた少年が描かれており、少年の周りは金銀財宝で溢れかえっていた。

その後ろには柄《がら》の悪そうな黒ひげ眼帯の男がおり、子分と思われる男たちを率いている。

どこかで見たことのあるような絵だな。

扉の隣には巨大な2体の像がこちらを睨むように佇んでいる。

1体の像は剣を握り、もう1体の像は槍を握り、それぞれの像が矛先を俺たちに向けている。

「まずは押してみるか」

俺は身体強化を使い、両手で扉を押してみた。

だが、どれだけ押しても扉は微動だにしない。

「だめだ……びくともしない」

ため息を吐いて、扉から手を離す。

すると、シャロットが真剣に扉の模様を見ていた。

うーん、と顎に手を置いて考え込んでいるようだ。

「どうした？」

「この扉の模様は、おそらく魔法陣です」

「そうなのか？」

自分の知る魔法陣と紋様が違っていたため、気づかなかった。

シャロットは俺の言葉に頷く。

俺よりも遥かに魔法工学に詳しいシャロットが言うなら、これは魔法陣で間違いないのだろう。

「どうだ？　開けられそうか？」

「わかりません……。解読をしてみますが」

シャロットはそう言ってから、魔法陣を見つめる。

「これが、魔力供給術式で……これが展開術式……。そうすると、これが詠唱受信術式になるわね……」

彼女は指で魔法陣をなぞりながら、ぶつぶつ呟く。

俺はシャロットの様子を見ながら壁に描いてある絵のことを考えた。

微かに記憶にある絵なのだが、思い出せない。

ロバの少年と黒ひげと財宝。

なんだったっけな。

首を捻っていたときだ。

シャロットが呟いた。

「構造は理解できました……ですが……」

彼女は歯切れの悪い言い方をする。

「なんだ？」

俺は続きを促す。

「この魔法陣を起動させるためには詠唱が必要になります。ですが、肝心の詠唱がどこにも記載されていません」

魔法陣には魔力供給のみで魔法を発動できるモノと、魔力供給と詠唱を同時に行うことで魔法を発動できるモノの2つがある。

この魔法陣は、後者ということだ。

詠唱が必要な魔法陣は詠唱が鍵の役割を担う。

秘密の合言葉を言わなければ、扉が開かない、というわけだ。

ある意味、予想していた通りの結果だ。

「つまり、扉を壊すしかないってことだな」

シャロットが俺の言葉に頷く。

俺は頑丈そうな扉を睨んだ。

これを壊すためには、強力な魔法を使うしかなさそうだ。

俺が持つ魔法の中で、破壊力があるものと言えば、『イフリート』か『銃弾』になる。

『銃弾』は扉を破壊するには火力不足であるため、ここは『イフリート』がいいだろう。

「魔法を使うから、シャロットは少し離れていてくれ」

シャロットは頷いて後ろに下がった。

俺は扉に向けて両腕を突き出す。

その瞬間、ふと、頭上にある絵画が目に入った。

「……思い出した」

脳裏に、ある合言葉が浮かび上がってきた。

少年と海賊らしき男たち、そして、金銀財宝が描かれた絵画。

加えて、この扉は岩でできている。

これだけヒントが揃っていて、なぜ思い出せなかったのか。

自分でも不思議に思う。

考えてみれば、とても簡単なことだった。

「魔法を発動するには、詠唱が必要なんだよな?」

「はい。ですが、さっきも言った通り、詠唱がわかりませんので……」

「多分、その詠唱わかった」

確証はないが、十中八九、あの合言葉が詠唱になるだろう。

そもそも『ユーマの叫び』の裏に、この洞窟があったんだ。

この洞窟自体、ユーマ・サトゥと関係があると考えていい。

さらに、ユーマが転移・転生者だとするなら、この扉の合言葉は1つしかない。

「すごいですね。私にはさっぱりわかりませんが……」

シャロットが感心する。

「そんなことない」

と言って俺は首を左右に振る。

「たまたまだ。それより、どこに魔力を流せばいい？」

「扉中央に赤線で描かれた円があります。そこが魔力供給術式です。なので、そこから魔力を流してください」

ちょうど俺の手がすっぽり収まる大きさの赤い円がある。

その円を中心として、扉絵全体に複雑な紋様が描かれていた。

俺が扉中央の術式に触れようとした、そのとき。

シャロットが俺の腕を掴んだ。

「魔力の供給は私がやります」

「いや、でも……」

「私にやらせてください。この魔法陣を起動させるためには相当な魔力が必要になります。先輩はこの先のために、少しでも魔力を温存しておいてください」

シャロットが俺の目をじっと見る。

「わかった。シャロットに任せるよ」

俺が首を縦に振ると、シャロットは扉の中央に手を置いた。

すると直後、中心円の模様が赤光を放つ。

「それでは詠唱をお願いします！」

シャロットの言葉に俺は頷く。

そして、小さく息を吸った。

「――開けゴマ！」

俺が叫んだすぐ後に、中心円から魔法陣全体へと魔力が注がれていく。

紋様全体が真っ赤な光を放ち、輝いた。

どうやら、魔法陣の起動に成功したようだ。

――ぎぎぎぎぎぎっ

音を鳴らし、扉がゆっくりと開かれる。

ああ、良かったと安堵する。

もし今の合言葉で開かなかったら、恥ずかしい思いをしていた。

あれだけ自信満々に言っておきながら、しーん、と静寂に包まれたら悶絶してしまう。

「う……ッ」

突然、シャロットが床に膝をついた。

「大丈夫か？」

「はい……ただ、少し魔力不足です……。思った以上に魔力が吸い取られました……」

「魔力不足？　そんなに負荷がかかったのか？」

「私の魔力とこの魔法陣との相性が悪かっただけです。少し休めば、すぐに動けるようになります」

「本当に大丈夫なんだよな？」

彼女の顔が青くなっていることもあり、俺は念を押すように尋ねる。

「心配しすぎです。ちょっと、頭がくらくらするだけなので……全然大丈夫です。先輩はナタリーさんをお願いします」

シャロットの言葉に頷く。

「もちろんだ。ナタリーは必ず助ける。だから、シャロットはゆっくり休んでおいてくれ。これが終わったら、生徒会メンバーのみんなで遊びに行こう」

シャロットが俺の言葉に頷いた。

「そうですね。みんなで行きましょう」

シャロットのことが心配だ。

しかし彼女が大丈夫と言うなら、その言葉を信じよう。

俺は先に進むことを決めた。

「じゃあ、行ってくる」

「頑張ってください」

「おう、任せろ」

俺は頷いた後に前を向く。

そして、シャロットをその場に残し、扉の奥へと足を踏み入れた。

◇◇◇

扉の先には、先程よりも明るい道が続いていた。

道幅は少しだけ広くなっているが、相変わらず、整備されていない通路だ。

天井から今にも岩が崩れて落ちてきそうだ。

足元はでこぼこしており、気をつけて進まなければ転んでしまうだろう。

俺は1人になった寂しさから、より警戒を強めながら歩く。

しばらく歩いた後、前方に人影を発見し足を止めた。

「久しぶりだね、オーウェン君」

水色の髪の女性が壁にもたれかかっていた。

「モネさん……」

久しぶりに会うモネは最後に見たときと同様の冷たい表情をしていた。

モネがここに現れるだろう、と予想はしていた。

彼女を見て様々な感情が押し寄せてくる。

手を伸ばせなかった後悔と悲しみ、自分の力不足に対する憤り。

それらが、ごちゃまぜになった複雑な思いだ。

四大祭で彼女を失ったときの喪失感は忘れようにも忘れられない。

助けたい、救ってあげたい、という気持ちはある。

しかし、同時に俺にできることは何もない気がした。

それに、今はモネに構っている場合ではない。

本当に助けなくちゃいけないのはナタリーだ。

最優先事項を間違えてはいけない。

「この先にナタリーがいるんですか？」

「さあ、教えないわ」

モネは首をかしげる。

だが、ここにモネがいる時点で答えを言っているようなものだ。

「通してはくれないようですね」

「もちろんね」

モネはそう言って俺の前に立ちはだかった。

「僕はあなたを倒してでも進みますよ」

「あんたもやっぱり、他と変わらないのね」

モネは嘲笑《あざわら》うように俺を見てきた。

そして、彼女はふらっと動き出した。

次の瞬間、モネが俺の眼前に迫っていた。

俺は身体強化を使い、両手をクロスさせて守りを固める。

「く……ッ」

衝撃を殺すように俺は後ろに跳んでいた。

セントラル学園で天才児と言われたモネに近接戦闘で勝てるはずがない。

まず、俺がやるべきことは、相手との距離を取ること。

「泥沼！」

ここの洞窟の床は岩でできているため、土魔法が使いやすい。

モネの直下に泥沼が発生する。

彼女は上に跳んで泥沼を避けた。

そして、袖に隠し持っていたナイフを投擲してきた。

「風流し」

投擲武器に対して、有効な魔法だ。

風魔法で物体の進行方向を変える。
ナイフが俺の横を通り過ぎた。
モネは地面に着地した直後、俺に向かって走り出す。
「引力発動――！」
俺は自分を除く、半径3メートルの円に重力を発生させた。
これは相手に接近されたときの防衛手段だ。
重力発生圏内では、たとえ相手が身体強化を使っていても立てなくなる。
防衛手段と同時に攻撃手段の1つだ。
モネは危険を感じ取ったのか、とっさに後ろに下がる。
俺はすぐさま、モネに右の掌を向けた。
「紅焔激火《こうえんげっか》」
手に収まるほどの焔だ。
しかし、そこに込められた熱量は周囲を燃やし尽くすほどだ。
紅の焔が、激しく火粉を散らし、洞窟内を赤く染め上げる。
「――――」
モネが横に跳んで炎を避けた、そのときだ。
――タッタッタッタ
俺の後ろから誰かが走ってくる音が聞こえてきた。

俺は敵の襲来を警戒し、とっさに後ろを振り返る。

そこには水色の髪の少年――トールがいた。

トールは俺の横を走り去り、そしてモネに向かって殴りかかった。

「はぁ――！」

モネはトールの拳を掌で受け止める。

「――ッ」

彼女はトールの登場に眉をひそめた。

しかし、モネの表情が変わったのは一瞬のことであり、彼女はすぐに冷酷な表情に戻った。

「何しに来たの？」

突き放すような物言いにトールは毅然《きぜん》として告げる。

「僕たちの関係を終わらせに来た」

姉弟の関係を終わらす、その冷たい宣言にモネは片眉を上げた。

「オーウェン君。これは姉弟の問題だ」

トールが言外に、先に行け、と視線で訴えてきた。

俺は一瞬だけ迷ったが、ここはトールに任せるべきだと判断した。

「頼む」

この場を頼む、モネを頼む、という二重の意味を込めて言った。

弟であるトールの言葉なら、モネに届くかもしれない。

彼らは俺が入る隙もないほどの激しい攻防を始めた。

姉弟だからか、2人の動きはよく似ている。

俺はモネとトールの激しい戦闘の横をすり抜けて、奥に進んだ。

◇◇◇

モネ・クローネの過去。

それは魔法至上主義社会ではありふれている、理不尽なものだ。

モネは幼い頃、トールと父の3人で暮らしていた。

父が騎士団に所属していたことから、家はそれなりに裕福だった。

ちなみに、母はトールを産んですぐに亡くなったため、モネの記憶にはほとんど残っていない。

モネは優しい父と可愛い弟に恵まれ、母がいなくても充実した生活を送っていた。

いずれモネも父と同じように騎士団に入り、人々を守る立派な騎士になると信じて疑わなかった。

幸い、モネは武術の才能に恵まれていた。

男女差別の少ないこの社会において、騎士となる夢はそう難しいものではない。

モネは父に稽古《けいこ》をつけてもらい、才能があっても慢心せず、鍛錬《たんれん》を怠らなかった。

同年代の子供を圧倒し、年上であろうとモネは軽々と勝利を収めるほどだった。

幸せな家庭と明るい未来。

そんな彼女の生活が一変する事件が起きた。
父が国の機密事項を他国に流した疑いがかかり、騎士団を追い出された。
人望があり、誠実な人物として名の通っていた父がそんなことするはずがない。
「私はそんなことやっていない！　何かの間違いだ！」
父も必死に捏造《ねつぞう》だと訴えたが、平民という低い身分もあり父の主張は通らなかった。
さらに、父は騎士団を辞めさせられた後、他の職に就くことができなかった。
それも当然だ。
国の情報を他国に流したのだから、むしろ騎士団脱退だけで済んだ方が奇跡に近い。
この事件をきっかけに全ての歯車が狂い始めた。
モネの人生が確実に悪い方向に向かっていくことになる。
父は毎日街を駆け回り、職探しに奔走《ほんそう》した。
しかし、どこも雇ってくれない。
父は途方にくれ、ついに酒に溺れた。
生活は苦しくなる一方で、父は次第に乱暴になっていく。
トールはまだ幼く、モネは自分が家族を支えるしかないと考えた。
幸い、モネには才能があり、それを使ってお金を稼ぐことはできた。
無駄遣いしなければ、3人で生きていけるだけのお金だ。
まだ十にも満たぬ子供でも稼ぐ手段があるのは幸や不幸か……。

ただ彼女は必死に毎日を生きていた。

そんなモネの努力を嘲笑うかのように、父は酒に溺れ、暴力を働いた。

酷いときには女を連れ込んでモネの前で快楽に溺れた。

昔の尊敬する父の姿はもうどこにもなかった。

駄目でクズな人物に成り下がった父に対しても、モネは情を捨てきれずにいた。

そんな折、最悪の事件が起きる。

その日の父は虫の居所が悪く、モネが仕事から帰ると、幼いトールに暴力を振るっていた。

当時のトールは虚弱な体質と臆病な性格から、父に反抗できずにいた。

「トールから離れて！」

そんな父をモネは止めに入る。

その頃のモネは、すでに大人を相手取っても負けないくらいの実力を備えていた。

しかし、それは普通の大人が相手の話だ。

仮にも騎士団に所属していた父だ。

鍛錬を怠っているとは言え、モネが勝てる相手ではなかった。

すぐに倒され、手足を拘束される。

モネの上に覆いかぶさった父は酒乱で顔を赤くし、下卑《げび》た笑みを浮かべていた。

その醜い姿は、もはや父と呼べるものではなかった。

「や……めて……」

モネは生理的嫌悪感から声を上げようとする。

しかし、

「ん、んん……っ」

父によって口を塞がれ、彼女はじたばたと暴れた。

「はあ……はぁ」

父の吐く息は臭く、そして彼の瞳は色欲に溺れる狂気を宿していた。

それは間違っても我が子に向けていい表情ではない。

モネは全力で逃げようと手足に力を込めるが、元騎士団の父の手から逃れることはできなかった。

そんなとき、どんっ、と父の背中が揺れた。

「あ……？」

「どきやがれ、クソ親父《おやじ》！」

トールが父を殴ったのだ。

いつもなよなよしていて、モネに縋っていたトールではない。

トールは暴力的な雰囲気を纏っていた。

「おい、トール。てめぇ父に向かって、なんて口を利きやがる」

奇《く》しくも2人の口調は似通っており、モネは眉をひそめた。

「うっせーよ、クズ。てめぇを父なんて思ったことなんかねーよ」

「あん？　ガキが調子乗ってんじゃねぇぞ」

父はモネの体から離れ、トールに詰め寄った。

「があっ……」

素早く正確な一撃がトールの鳩尾《みぞおち》にめり込んだ。

トールは片膝をつき、痙攣《けいれん》し始め、激しく呼吸を繰り返す。

「おいおい、まだだろ？　くたばんじゃねーぞ」

そんなトールに対し、父は追い打ちをかけるように蹴り上げた。

「ぐ……はッ……」

元騎士団の父が身体強化を使って蹴り上げた一撃は、トールの意識を一瞬で刈り取った。

トールは後ろの壁にぶつかり、その衝撃で机の上に置いてあったガラスコップが落下し割れた。

「ガキのくせに、舐めたマネするからだ。クソが！」

父は倒れているトールに近づき、馬乗りになった。

そして、何度も、何度も、何度も、何度も。顔が変形してしまうぐらいトールを殴った。

陰鬱《いんうつ》な室内で怒鳴り声と殴る音だけが響く。

悲惨な光景だ。

モネは目を背けることができず、呆然とトールが殴られる姿を見ていた。

次第に彼女はこれらが全て夢の中の出来事のように感じ始めていた。

（そうだ……これは夢だ）

父がトールを殴っているのは夢だ。

そもそも、父が騎士団を辞めさせられたのも夢だ。

優しく家族思いの父が本物で、酒に溺れ女を抱く父は偽物だ。

(夢なら何やってもいいよね？)

モネは、ふらっと立ち上がる。

父とトールの争いで割れたガラスの破片。彼女は右手でそれを拾った。

そして、足音を立てずに父の後ろに立つ。

「お父さん」

モネが呟くと、眉根を寄せた父が緩慢《かんまん》な動きで振り返った。

その一瞬。彼女の右手が動く。

モネは父の首元を正確に狙い、腕を振った。

「――――」

鮮血が舞った。

父の喉がガラスの破片によって裂け、夥《おびただ》しい量の血しぶきが噴き出した。

「が……あ……ぐぅ」

しばらくすると、父は動かなくなった。

死んだのだ。

「あはっ……あははっ」

人の死は呆気ないものだと、モネは悟った。

肉親の命を奪った。
血に染め上げられたガラスの破片。そこから反射するモネの瞳は爛々《らんらん》と輝いていた。
これがモネの初めての殺人である。
人殺しは罪であり、さらに親殺しは大罪の1つだ。
それは一般的には正しい考えである。
だからモネの行いは悪いことだ。
……と割り切れるほど、簡単なことではない。
しかし、罪は罪であり彼女は裁かれるべき存在だった。
だが、幸いにもトールが意識を失っており、犯行を見た者がいなかったこと。
当時、人斬りが街に出没していたこと。
そして元騎士団の男性をモネが殺せるはずがないという先入観。
それらが重なり、モネは疑われずに済んだ。
もちろん、モネを怪しいと感じる者もいた。
黒帽子を被った奇妙な男だ。
彼はモネの犯行を追及せず、代わりに要求を出してきた。
「私のもとで働かないか？」
黒帽子の男の要求……と言うより、それはもはや脅迫に近い。
モネには拒絶する選択肢は残されていなかった。

こうしてモネは回帰集団の一員となった。

黒帽子の男から貴族の息女を殺すように命じられた。

もちろん、彼女に拒否権はない。

対象は、なんの罪もない自分と同い年の少女だった。

相手に不審がられず、子供同士ということで仲良くなるのは簡単で。

殺すのも簡単だった。

モネにとって、油断しきった子供を殺すことなんて造作もないことだ。

しかし、少女を手にかけたときの感触は忘れ難く、それは父を殺したときよりも鮮明に記憶に残った。

「おぅ……ぐ……」

少女を殺害した日、モネは顔が青白くなるまで吐いた。

それでも、トールに会うときはいつもの優しい姉を演じた。

(なぜ、あたしだけがこんなに辛い目に遭うの……?)

彼女の嘆きは誰にも届かない。

誰かに助けて欲しかった。

でも、誰も救い出してはくれなかった。

黒帽子の男の援助でセントラル学園に入り、カイザフを始めとする多くの友人に恵まれた。

友人らといる時間は幸せであり、それ以上に苦痛だった。

自分の本性は冷酷な殺人鬼だ、とモネは考えていたから。

醜い内面をさらけ出されるのが怖く、仮面を被って毎日を過ごしていた。

消えてなくなりたい……そう思う時が何度もあった。

大勢の人を手にかけ不幸にしてきたはずなのに、いざ自分の命を絶とうとすると手が震えた。

モネは社会の害悪でしかない己を憎んでいた。

そして、偽りの平穏を享受《きょうじゅ》していた。

だから、四大祭のあの日……オーウェンに助けに来て欲しくなかった。

見捨てて、見殺しにして欲しかった。

もしくはオーウェンの手で殺して欲しかった。

反吐が出るような正義感も、上辺だけの友情関係もいらない。

(助けなんていらないから、殺してよ)

黒帽子の男の思惑なんかどうでもよく、モネは今日、死に場所を探しにやってきた。

モネの前にはトールがいる。

最後にトールを見たときは自分と同じくらいの背だったのに、今は見上げるほどに成長している。

そのことをモネは嬉しく思い、同時に悲しくもあった。

しかし、冷酷な表情に徹していた。

彼女は弟に殺されるのもありかな、と考えていた。

その願いが酷く残酷なものだと知らずに。

◇◇◇

トールは目の前にいるモネを見据える。

激しい戦いから一転、今はお互いを探るように見つめ合っていた。

「こんな姉で幻滅《げんめつ》したでしょ」

モネの言葉にトールは首を左右に振った。

「なんで……、どうして！」

トールはモネに聞きたいことがたくさんあった。

モネに会ったら、感情をぶちまけてやろうとも思っていた。

しかし、いざモネを目の前にすると、何をどう聞けばいいのかわからなくなる。

あの日、モネが突然姿を消したときから、トールは常に姉のことを考えてきた。

モネが回帰集団だと聞かされても、信じられなかった。

明るく優しい姉が、テロリストなわけがないと思いたかった。

「あんたは何も知らなくていい」

「嫌だよ。何も知らないなんて……そんなの嫌だ！　教えてくれ、何があったんだよ！　どうして、こんなことに……なったんだよ」

複雑な感情がトールの胸を支配した。

「話しても無駄よ。もう何もかも手遅れなの。終わってしまったのよ」

モネはそう告げた。

そして、彼女は大きく踏み込み、トールに接近した。

「はッ――！」

左腕から正拳突きを繰り出す。

トールはモネの攻撃を右肘で受け止めた。

しかし、直後、

「……く……っ」

モネが脚を振り切った。

トールが体を仰け反らせると、彼の眼前をモネの足が通りすぎる。

さらに、モネは流れるような連続技で追撃をかける。

彼女は跳び上がり、空中で身を捻って回転しながら踵落《かかと》としをする。

「……ッ」

トールは後ろに跳んで、攻撃を躱した。

距離を取ったトールに対し、モネは着地と同時に潜り込むようにトールに接近する。

そこから、目にも留まらぬ速さで2人の技の応酬が行われた。

お互いの動きをよく知っているからこそ成り立つ、演舞のような攻防だった。

戦闘は激しさを増していく。

モネは冷酷な表情だ。

しかし、彼女は笑みがこぼれないように必死に感情を制御していた。

弟と敵対しているのにも関わらず、モネは弟の成長を嬉しく思っていた。

今この時間が楽しいと感じていたのだ。

そんなモネに対し、トールは終始険しい表情をしている。

トールの中にある憤りと悲しみの感情が揺れ動く。

「――――」

トールはモネとの間合いをはかり、荒い息を吐いた。

汗がポタッと床に落ちる。

トールは自分の感情を制御できずに、叫び出した。

「なんで黙ってたんだよ！　僕が頼りないからか！」

トールは子供でモネは大人びていた。

そんな自分を情けなく感じ、何も言わずに姿を消したモネを許せなかった。

「トールには、そのままでいて欲しかった」

絞り出すように吐いたモネの言葉。

そこには姉としての矜持《きょうじ》が含まれていた。

「勝手なこと言うなよ！　僕は一緒に苦しみたかった……」

トールには、幼い頃の記憶がほとんどない。

気がついたら、両親はおらず、姉しかいなかった。

トールにとってモネは姉であり、親でもあった。

幼子は親に頼られないように、トールはモネに頼られる存在ではなかったということだ。

「苦しむのは、あたしだけで十分よ」

モネは苦悩を隠してトールに告げた。

「――――」

再び戦いが始まった。

互角と思われていた戦いだが、いつの間にかトールが優勢になっていた。

原因は体格差だ。

身体強化や戦闘技術が同レベルであるなら、モネよりも身長が高いトールの方が有利になる。

モネは体力を消耗し、彼女の動きは精彩を欠き始める。

「はあ……っ……」

汗が彼女の頬を伝う。

そのときだ。

「うぐ……ぁっ……」

トールによって足を払われた。

ほんの僅かな一瞬、地面からモネの足が離れた。

その発生した隙をトールは見逃さず、モネの鳩尾に拳を入れた。

「あうっ……！」

背中から地面にぶち当たったモネは一瞬だけ息ができなくなる。

そんなモネの上に、トールは乗りかかった。

トールは左腕でモネの右肩を掴んだ。

「僕の勝ちだよ」

何度やってもモネには勝てず、トールはその度に情けない想いをしてきた。

今日が彼にとっての初めての勝利だ。

嬉しいはずなのに……と、トールは唇を噛み締めてモネを見る。

モネは憂いを帯びた表情で、

「そうね……トールの勝ちよ。おめでとう」と呟く。

「それで……どうするの？　私を捕まえて魔導団にでも引き渡す？」

「そんなことッ！　できるわけがない」

目を伏せたトールに向けてモネは言った。

「甘いよ……。本当に甘いよ……トールもオーウェンも……」

モネのこれまでの所業は魔法至上主義社会において、許されざることだ。

否、ここが魔法至上主義社会でなくても、罪のない人を殺した時点で彼女の罪は重い。

極刑に処されるべきモノだ。

「それならここで殺す？　弟に殺されるならいいわね。それなら気持ち良く死ねるわ」

　モネがそう言った瞬間だ。

　――――ドンッ
　床が砕けた。

　トールがモネを掴んでいる腕とは逆側の腕で地面を殴りつけたのだ。

「いい加減にしろ！　勝手に死ぬって言うなよ！　死んで何もかも終わらせるつもりかよ！　罪滅ぼしのために死ぬ？　じゃあ、残された僕はどうすればいい！　死ぬなんて……死んでもそんなこと言うなよ」

　トールの表情には、鬼気《きき》迫るものがあった。

「僕が……殺せるはずないのに……そんなこと言うなよ」

　モネは自身の不用意な発言を悔いる。

　モネが死ぬのは、モネの自由である。

　でも、それを弟に任せるなんて残酷だ。

　モネは顔を背けて、トールから視線を外した。

「ごめ――」

　謝罪を口にしようとした、そのときだ。

　突然、轟音とともに洞窟が大きく揺れた。

「う……わっ」

　トールが小さく声を上げる。

次の瞬間、天井の一部が崩れるのをモネは視界の隅で捉えた。

「危ない……！」

モネはトールを蹴り飛ばす。

直後、モネに向かって巨大な岩が落ちてきた。

「おっ……ぁ……」

岩の下敷きとなったモネ。彼女の腹から大量の血が流れ始めた。

トールは、モネの姿に言葉を失う。

そして、直後に彼は自分がモネに助けられたのだと気づく。

「なんでだよ……」

トールは弱々しい声を漏らしながら、ふらふらとモネに近寄る。

そして、彼女のそばまで行くと膝を折って呟いた。

「なんで……僕を庇《かば》ったんだよ……」

モネはトールを身代わりにして、自分だけ助かることもできたはずだ。

それなのに、彼女は自分が傷つくことを選んだ。

モネはうっすらと開いた瞳でトールを見る。

「……あんたが弟だからよ」

「ははは……。意味わかんないよ」

「……………」

「なんで守りたいのに戦ってんだよ！　ほんとに意味わかんないって」

「そうだね……あたしも意味……わかんないわ」

　モネの体から流れる血が地面を赤く濡らす。

「……ごめん」

「なんで、謝るのよ……」

「何も、気づいてあげられなかった」

　トールが不自由なく暮らせていたのは全てモネのおかげだった。

　今考えてみれば、不自然なことが多々あったのに気づかなかった。

　漠然とした不安はあったのに、気づかないふりをしていた。

　どんな不都合な真実が隠されていようと、トールは知るべきだったのだ。

　トールはモネを抱きしめた。

「これからは僕が守るから」

「何言ってんの？　無理に決まってるでしょ」

　モネは『脅迫された』なんて言い訳が通用しないことをしてきた。

　この社会で、もうすでにモネの居場所はない。

　モネの行き先は真っ暗闇だ。

「逃げよう……2人でどこか遠くへ。大丈夫、僕たちならなんとでもなる」

　トールはモネを抱きしめる力を強くした。

「馬鹿だね……。そんなことできると思ってる？」

モネはうっすら目に涙を溜める。

「できるよ、もちろんだ。だって、僕はお姉ちゃんの弟だから」

「ほんとに……馬鹿だね」

モネはトールの温もりに安心感を覚えた。

彼女は自分が救われていい人間だとは思っていない。

だがそれでも、トールを突き放すことができなかった。

◇◇◇

黒帽子の男、レオン・レボルシオンは魔法主義社会を憎んでいる。

レオンの祖母は魔女と言われた人物だ。

初めて祖母の手記を読んだとき、そこに書かれた内容に彼は衝撃を受けた。

なぜ祖母が魔女として社会から追い出されたのか。

それは彼女の研究が原因だった。

祖母は魔術の研究を行っていた。

そもそも、魔術とは魔法工学の基礎となった理論であり、危険な思想ではない。

また、祖母は善良な人物であった。

魔女と呼ばれ、社会から恐れられるような人柄ではなかった。
祖母は魔術の知識を世の中のために広めようとしていた。
魔術が広まれば、魔力が少ない一般人でも、その恩恵を受けることができる。
極めて善良であり、彼女は自分の利益よりも人類の進歩を優先した。
この社会が健全であったのならば、彼女の崇高な目的は称賛されていただろう。
しかし、魔法至上主義社会では、彼女の考えは異端だった。
魔法至上主義は、魔法を使える者が常に優遇される社会だ。
そうやって発展してきた。
既得権益《きとくけんえき》は甘美で、手放し難い。
魔法至上主義の頂点に立つ者たちにとって、魔術は邪魔でしかなかった。
彼らは、自身の優位性を脅かす技術を忌み嫌った。
もちろん、それだけで祖母が危険視されたわけではない。
魔法使いたちは、祖母に対し、魔術の研究をやめるよう忠告した。
彼女も一度はそれに従った。
そんな中でも、魔術の有用性に気づき、利用しようと目論《もくろ》む者がいた。
それが当時の国王である。
国王は齢《よわい》70を超え高齢であり、自身の死を恐れていた。
魔術の可能性を信じ、禁忌とされていた不老不死の研究を進めるように祖母に命じた。

祖母は、国王の指示を断ることができず、不老不死の研究を始めた。

だが、そんな最中、国王が崩御《ほうぎょ》。

王家が不老不死の研究に関わっていた、と知られれば、それは王族の威信に関わる。

祖母の魔術は危険視され、同時に彼女は社会から迫害された。

そこで、祖母は魔女の汚名を着せられた。

災害級犯罪者として扱われた祖母は、国から追われ、捕まる直前に自害したとされる。

祖母は、最後に、怨嗟を込めた手記を娘に託した。

それから月日が流れ、レオンが生まれる。

レオンは生まれてからずっと、日の目を見ない生活を強いられてきた。

魔女の血を引くということだけで、存在そのものを否定される人生だ。

レオンは生を受けたその瞬間から、社会不適合者のレッテルを貼られたのだ。

だから、彼が、そしてレボルシオン家が魔法至上主義社会を憎むのも当然の成り行きだった。

彼らは、革命を成すために怨嗟の籠もった手記を聖書とし、裏で手を引いてきた。

そして、現在。

全てをリセットするために表舞台に姿を現した。

祖母を復活させるための準備が整った。

レオンが、興奮を抑えきれない表情で叫ぶ。

「今日！　この日こそが始まりです！」

レオンの声が洞窟内に響き渡った。

レオンの目の前には石造りの祭壇があり、キャンドルランプが周囲を仄《ほの》かに赤く照らしている。

祭壇の上ではナタリーが鎖で雁字搦《がんじがら》めにされていた。

鎖には術式が刻まれており、それは対象者の魔力に干渉し、魔法を発動できなくするものだ。

祭壇の奥には2メートルを超える女の石像がある。

石像は、両掌を上に向けて重ね、ナタリーを見下ろしながら微笑んでいる。

入り口には両開きの黒塗り扉があるが、今は閉まっていた。

そして、入り口から祭壇までには石畳でできた道が続いている。

道の両脇には、底が見えない暗闇が広がっていた。

「…………」

ナタリーはレオンの叫びで目を覚ました。

すると、レオンがナタリーに視線を向ける。

「おはようございます」

レオンは高揚した気分から一転。冷静な思考でナタリーに挨拶をした。

「何が――」

何が起きているのか。

ナタリーはすぐに頭を働かせ、状況を確認する。

手足を拘束され、目の前には怪しい男がいる。

がちゃがちゃと腕を動かすが、拘束は解けそうにない。

魔力の制御も上手くできず、簡単には逃げられそうにない。

彼女はそう判断した。

普通なら、パニックになってもおかしくない状況で彼女は冷静に頭を働かせる。

「あなたは、私をどうしたいんですか？」

レオンはナタリーの質問に答える。

「私たちの活動に協力してください」

「協力……？」

「世界を正しく、元の状態に戻す。それが私のやるべきことです」

「正しい状態とは、何を指すのかしら？」

ナタリーは会話を続けることで時間稼ぎを試みる。

1人では逃げられないと悟り、彼女は助けを待とうと考えた。

ナタリーの脳裏《のうり》に、オーウェンの姿が浮かぶ。

彼なら、助けに来てくれるかもしれない。

そんな淡い期待を抱く。

「この社会がおかしいとは思いませんか？」

「曖昧《あいまい》な問いかけね」

「一部の魔法使いだけが優遇される、魔法主義社会のことです。人は元来平等であるべきと、そうは思いませんか？」

「誘拐犯が平等を訴えるとは驚いたわ。それで？　平等じゃないから、アルデラート家の私を憎み、妬《ねた》み、誘拐したのかしら？」

「まさか、そんな理由ではありません」

レオンは頭を振った。

「才能によって待遇が変わるのは致し方ないことです。しかし、魔法の才能だけで差別が助長され、挙句の果てに、無能が利権を貪《むさぼ》る社会が、正常と言えるのでしょうか？　1人の魔法使いが、千の命よりも価値がある社会を正常と言えるのでしょうか？」

レオンの言い分にも正しさがある。

ナタリーも、平等については考えたことがある。

彼女は父であるラルフ・アルデラートから人の価値について何度も教えられてきた。

魔法主義社会の頂点に君臨する公爵家——アルデラート家の長女である彼女の命は重い。

才能と立場と責任があるナタリーは、間違いなくそこらにいる平民よりも価値がある。

それを理解しているからこそ、彼女は告げる。

「平等な社会なんて、理想論ね」

ナタリーの言葉に対し、レオンは顔をしかめた。

「理想論……ですか？」

「そう、理想論よ。社会として成り立つ以上、必ずどこかに歪みが生じるわ。その歪みを否定したいなら、どうぞご勝手に。ただし、歪みを直したところで、またどこかで新しい歪みが生じる。平等な社会など永遠に訪れはしないわ」

「さすがは、アルデラート公爵家のご令嬢。立派な考えを持っていらっしゃる」

レオンは言葉とは裏腹に、蔑《さげす》んだ瞳をナタリーに向ける。

ナタリーは不快感を覚えた。

「それなら、あなたの考える平等とはなんなのかしら？」

「誰もが機会に恵まれる社会です。私が望むのはそんな当たり前のことですよ」

レオンは石像を眺める。

「祖母は綺麗な人だったと聞いています。しかし、絵本に出てくる祖母は醜悪な魔女として描かれています。おかしいとは思いませんか？　何も悪いことをしていないのに、まるで大罪人のように扱われているのです」

ナタリーはレオンが魔女の血を引く者だと理解し、僅かに驚愕した。

レオンはナタリーを見下ろしながら、言葉を続ける。

「生まれてきただけで、なぜ否定されるのでしょうか？　何も罪を犯していないというのに！」

レオンの言葉の節々に、激情が籠もる。

ナタリーが声を挟む余地もなく、レオンは感情を言葉にして吐き出す。

「おかしいではありませんか！　飢えを知らないあなたたちと、貧困に喘《あえ》ぐ私たちとでは何が違うというのですか！」

「…………」

「私は祖母を復活させます。この腐った社会を変えられるのはあの方だけです」

レオンの企み、魔女の復活を知って、ナタリーはレオンを睨みつける。

「魔女を復活？　何を馬鹿なことを……」

「魔女ではありませんよ。あなた方こそ、魔女ではありませんか？　断罪されるべきは王家であり、彼らの卑劣な行いを許容した貴族、魔法使いたちだ。そして、この魔法至上主義社会そのものが悪なのです。この社会は一度、粉々に壊れるべきなのです」

「ぶっ飛んだ考えの理想論者ね。いえ、理想論ですらないわ。全てを自分の望んだ社会にしたいだけ。子供の考えとなんら変わらないわ」

「子供の考えは純粋で無垢《むく》なものです。汚れきった大人の思想よりもよっぽどいい」

2人の会話はどこまで行っても平行線をたどる。

「そろそろ無駄話を終わりにしましょう。あなたは礎《いしずえ》となり、世界は今日から変わるのですから」

「礎……まさか、私を魔女の生贄に…………」

ナタリーの額から冷たい汗が流れる。

これまでの会話を鑑みたナタリーは、嫌な予感を拭えない。

レオンがゆっくりとナタリーに近づいてきた。

「あの方の復活には器が必要です」

レオンは拘束されているナタリーの肩に、ダガーを突き立てた。

「いたッ……」

ナタリーの裂けた皮膚から、すぅーっと血が流れる。

レオンは血を小瓶の中に入れた。

「あなたは最高の人柱です。その強い意志も、膨大な魔力量も、そして、女神のような美貌も全てが完璧です。あの方もきっとお喜びになります」

魔女の復活に必要なのは魔女が入るに適した器だ。

器とは、すなわち生贄。

しかし、器はなんでもいいわけでもない。

不適合な器を捧げた場合、器が魔女の魂に耐えきれずに壊れてしまう。

また、器は女性でなくてはならない。

魔女の魂とあまりにもかけ離れた器は適合しないからだ。

さらに、強い心を持ち魔女の魔力を受け止められるほどの魔力量を持っていなければならない。

そして、これはレオンの個人的な感情だが、器は美しい者でなければならない。

あの方は全てが揃っている完璧な存在でなければならない。

そうレオンは考えているからだ。

全ての条件を満たす存在がナタリーだった。

「あの方と一体になれるなんて、さぞ素敵なことでしょう。できることなら、私がこの身を捧げたかった」

レオンは恍惚たる表情をする。

「あなたの考えは間違っているわ」

ナタリーはレオンを射抜くように目を向ける。

「何が間違っているのですか？」

「社会を変えたいのなら。それだけの力があるのなら、他にも方法があったはずだわ。平等を訴えて理想論を語り、けれど、あなたは壊す道を選んでいる。その時点で、間違っているわ」

レオンは冷静に言い返した。

「あなたのような存在には、わからないでしょう、ナタリー・アルデラート。社会に適合しなかった者の悲しみを。認められなかった者の悔しさを。迫害された者の無念を。存在を否定された者の憤りを。あなたは何も知らないから言えるのです」

「わかるはずがないわ。私はアルデラート家の長女よ。あなたやあなたの指す人たちとは立場も違えば考えも違う。そもそも、あなただって私たちのことを知ろうとしていないじゃない」

恵まれた生まれのナタリーと、生まれながら存在を否定されたレオン。

境遇が全く異なる。

異なるなら会話を試みるしかない。

だが、

「あなたとこれ以上会話をする気はありません」

レオンがそうやって話を終わらせようとした。

しかし、ここで会話を止めてしまえばナタリーは魔女の生贄にされてしまう。

だから、相手を怒らせてでもいいから、とナタリーは食い下がる。

「気に入らないから壊すなんて、全く幼児と一緒ね。世界が歪んでいるから変えたい？　だから壊す？　馬鹿を言わないで頂戴」

ナタリーの非難に対し、レオンはぴくりと眉を動かした。

「変わらなきゃいけないのはあなたであり、歪んでいるのはあなたの見え方よ。壊すべきはあなたの凝り固まった思想だわ」

「変革のためには破壊しかなく、正しい社会にするには劇薬が必要です。私が動かなければ、誰も動かないでしょう。不都合な世界でも人は甘んじるのです。変わることを拒み、魔法使いどもの掌で踊らされる。それでは良くないでしょう。だから、私が皆のために壊して差し上げるのです」

緩やかな変革なんてものを期待してはならない。

破壊こそが重要である、とレオンは主張する。

「傲慢の極みね！」

ナタリーが叫ぶが、レオンは一切耳を貸さず。

レオンは石像の前に立つと、像の掌の窪《くぼ》みにナタリーの血を垂らした。

彼は石像から離れ、祭壇から降りる。

そして、詠唱を始めた。

「常世《とこよ》から今世を覗く、回帰する魂よ。器をここに与え、汝《なんじ》に永久の命を約束する。終わりが始まりとなり、いざ、闇とともに蘇らん――」
祭壇から、魔法陣が浮き彫りになって発光し始めた。
そして、ナタリーの周りで魔法陣がまばゆく輝く。
その直後――、
「な……何が!?」
大きな揺れが起こった。
ぐらぐらと地面が揺れ動き、それに伴って石像がゆらゆらと前後に揺れる。
しばらくすると、揺れは収まる。
だが代わりに石像の胸から、のそりと黒い女性の影が現れた。
……ぞくり。
ナタリーの背筋に悪寒が走る。
それは髪の長い女性だ。
全身が真っ黒であり、目鼻立ちは整っているのが逆に恐ろしく感じる。
影がゆっくりとナタリーに近づく。
ナタリーはその影が魔女だと察した。
「だめよ……来ないで……」
ナタリーは影から逃れようとする。
しかし、鎖で繋がれ、その場から動けないナタリーが逃げる術はない。

影がナタリーの上に覆いかぶさった。

「……いやっ」

ナタリーは最後の抵抗とばかりにがちゃがちゃと鎖を動かした。

しかし、影はナタリーに纏わりつく。

そして影は漆黒の唇をナタリーの耳に近づけた。

「――イタダ、キマス」

ぞっとする不気味な声だった。

ナタリーは声にならない叫びで影を拒絶する。

恐怖で口をパクパクさせるナタリーに対し、影は口を歪めて嗤った。

そして、黒い女の影はナタリーの唇に自身の唇を重ねるのだった。

◇◇◇

洞窟の中を進んでいると、突如、洞窟が大きく揺れた。

その場でふらふらとなるものの、壁に手を置くことで耐える。

揺れはしばらくすると止んだ。

「なんだったんだ……？」

俺は頭を捻るが、考えても仕方ないと割り切ることにした。

ここまでに来るのに、多くの仲間に助けてもらった。

みんなから託された望みはナタリーを救うことだ。

より一層気合を入れ、俺は洞窟の奥へと向かった。

少し走ったところで、黒塗りの両開き扉を発見した。

扉に魔法陣が刻まれている様子もなく、力を込めるとあっさりと開いた。

視線の先には一本道があり、その奥には祭壇が見える。

祭壇の上では、ナタリーが鎖に繋がれた状態で寝かされていた。

そして、祭壇の前には黒帽子の男が立っていた。

「――ナタリー！」

「遅かったですね。残念ですが、彼女はもういないです。代わりに、あの方が目を覚ます」

「どういうことだ？」

「もうじきわかりますよ」

黒帽子の男が振り向き、にやりと笑った。

「ナタリーに何をした!?」

「吠えてばかりでうるさいですね。彼女はあの方の依代《よりしろ》となったのです。幸せなことでしょう」

俺は男の言っていることを全て理解したわけではない。

だが、頭の血管が切れるほどの憤りを感じた。

「お前――ッ！」

瞬時に、魔力を体全体に行き渡らせ身体強化を施す。

そして、地面を蹴り怒りに身を任せて走り出した。

俺が動くと同時に、黒帽子の男が右手を掲げる。

「炎獄の鉄槌《てっつい》」

上空から、炎を纏った巨大な鉄槌が出現。

俺に向かって振り下ろされた。

「――イフリート！」

右腕から業火を出し、鉄槌を破壊する。

「灼熱大地《マグマ》――！」

細い石畳の道が急激に発熱した。

危険を察知した俺は、

「引力解放――！」

重力魔法で空に逃げる。

次の瞬間、石の道がドロドロに溶け、マグマに変貌《へんぼう》した。

少しでも脱出が遅れていれば、灼熱の大地に身を焦がされていただろう。

冷や汗が頬を伝う。

だが、俺はすぐに思考を切り替えた。

「天を燃やす赤竜よ！」

俺の両腕から、猛火に包まれた深紅の赤竜が出現する。
サンザール学園のシンボルをもとに想像し、赤竜を出現させた。
精霊魔法ではないため、出現させた赤竜に意思はない。
だが、竜と言えば理不尽なまでの暴力だ。
イメージは直接魔法に影響を及ぼし、破壊的な威力を生み出す。
「食らい尽くせ！」
赤竜が黒帽子の男を飲み込もうと迫った。
「静まれ――――炎砕《えんさい》！」
黒帽子の男は素手で赤竜に触れた。
その瞬間だ。
赤竜が姿を保てずに、火の粉を散らして消え去った。
赤竜を一瞬で破壊されたのだ。
驚きはある。
だが、赤竜を止められるのは想定内だ！
俺は赤竜の後に隠れながら、黒帽子の男に接近していた。
右手に魔力を込めて、握りこぶしを作る。
そして、男目掛けて腕を突き出した。
「鉄拳！」

「――――ッ」

俺の渾身の一撃は男には当たらなかった。

鉄拳が空を裂く。

拳がめり込んだ石床が砕ける。

その直後――、

「――灼熱大地《マグマ》」

拳が突き刺さった地面が急激に熱を発し、溶け始める。

俺はとっさに腕を離し、身体強化を施した。

そして、上に飛びながら右手で銃の形を作った。

人差し指で、男に照準を合わせたが、しかし――。

「腐朽《ふきゅう》せし亡者の魂よ、冥府の炎となりて、怨嗟を撒き散らせ！」

めらめらと燃え盛る炎が波となって押し寄せてきた。

「――引力解放！」

俺はさらに高く飛び上がり、炎の波を避けた。

だが――、

「遅いッ――！」

「ぐあ……っ」

男が俺と同じ高さまで飛んでおり、腹を思いっきり蹴られた。

部屋の入り口付近まで飛ばされる。

吹き飛んだ先で壁にぶつかり、床に落下した。

そして俺はすぐに視線を上げた。

その刹那――。

「――」

背筋にぞくりとしたものが駆け上がった。

ガチャ、ガチャ、ガチャと鎖が振動する音が聞こえてきた。

目を向けると、ナタリーが動き出していた。

しかし、それをどうしてもナタリーだとは思えず。

俺は息を止めた。

「ああぁぅ……ああぁぁ」

ナタリーがうめき声を漏らす。

「さあ、さあ！　あの方の蘇りです！」

黒帽子の男がナタリーに視線を移す。

ナタリーは、うめき声を上げながら正気を失ったように暴れ回った。

彼女の動きに合わせて、鎖がぼろぼろと崩れていく。

俺はその様子を呆然と見ていた。

「これで、あなたに会えます」

男が呟いた直後だ。
――パリンッ
ナタリーを拘束していた鎖が砕け散った。
拘束が解けたナタリーはのっそりと体を起こす。
そして、彼女は首を振って周囲を確認した。
俺とナタリーの視線が交わる。
背筋から、ぞくぞくと何かがこみ上げてくる。
それは本能的な恐怖心だ。
ナタリーの変容はなんだ？
あそこにいるのはナタリーであるにも関わらず、体の震えが止まらない。
彼女から放たれる禍々しい雰囲気に呑み込まれてしまいそうだ。
「お待ちしておりました」
黒帽子の男がナタリーに向かって、敬々《うやうや》しく頭を下げた。
それに対し、ナタリーはぶつぶつと詠唱を唱える。
直後だ。プシューっと血が舞った。
一瞬にして、男の首から上がなくなっていた。
「え……？」
ぽかんとその様子を見ていた俺は目の前の光景に愕然《がくぜん》とした。

男の首から血が吹き出ている。

ショッキングな光景だ。

さっきまで戦っていた男がどさっと床に倒れ、あっけなく死んだ。

おそらく、ナタリーの力で。

彼女が発動した魔法で男の命が奪われた。

そして次の瞬間、ナタリーが俺を見てふっと嗤った。

「…………」

突如として、ナタリーがその場から消える。

俺は真横に気配を感じ、首を横に振った。

ナタリーが感情を灯《とも》さない瞳でじろりと見てきた。

「な……！？」

俺は唖然とする。

ナタリーが口を動かした。

「――空間切除」

「が……ぅあ……」

脇腹が抉《えぐ》られた。

俺は激痛を堪《こら》えるように腹に手を置いた。

視界が揺れ、よろめく。

そして、数歩動いた直後――、

「あっ……」

足を踏み外した。

底が見えない暗闇へと落ちていき、俺は意識を手放した。

◇◇◇

ナタリーはオーウェンを屠《ほふ》った後、小さな声で呟いた。

「……空間転移」

すると、突然彼女の目の前の空間が裂ける。

その先には、真っ暗闇が広がっていた。

ナタリーは暗闇の中へと足を踏み入れた。

次の瞬間、彼女はその場から忽然と姿を消した。

第十二幕

気がつくと、俺は知らない場所で佇んでいた。
綺麗な景色だ。
青い空と、そこに浮かぶ白い雲。
そして、それらを映し出す澄み切った水面。
水平線の先では空と水面が重なり、境界線が曖昧になっている。
まるで、ウユニ塩湖のような絶景だ。
そして、俺は凪《なぎ》のような静かな水面の上に立っていた。
歩く度に、水面に波紋が生まれ、ぴちゃぴちゃと水が跳ねる。
水の上を歩いているのに水中に落ちることがない。
そんな不思議な空間に、1つだけ異様なモノがある。
俺の視線の先には、紅色《べにいろ》と鈍色《にびいろ》の2色でくっきり色の分かれた球体が宙に浮いていた。
紅色が鈍色を侵食している。
ほぼ赤の球体だ。
「ここは、どこなんだ?」
景色に心を奪われていたが、そんな場合ではない。

冷静に頭を働かせようとする。
ナタリーから攻撃を受け、暗闇に落ちていったところまでは覚えている。
そこで意識が途切れ、気がついたら、この場所にいた。
考えてみたが、
「さっぱり状況がわからん」
疑問を覚えながらも、まずは不思議な玉に近づくことにした。
そこに答えがある気がした。
球体は直径1メートルほどある。
地面から浮いている分も含めると、球の天辺がちょうど俺の頭の位置にあった。
俺が玉に触れようとした瞬間だ――。
「うごぁ……っ」
突如、脇腹に痛みが走る。
息がつまり、同時に横に吹き飛ばされた。
水面の上を転がると、水が小さく音を立てて跳びはねた。
幸い、水面は柔らかく怪我はない。
俺はすぐに起き上がり、体勢を整えた。
そして、襲撃された方向を見ると、
「お前は……」

そこには見知った顔があった。

否、見知ったどころではなく、
自分と全く同じ姿形、容姿のそっくりな男が立っていた。

「俺……なのか？」

ただ1点違うとすれば、それは表情だ。

目の前の男からは、ひしひしと憤りを感じる。

「あああぁぁぁぁぁぁっ――――！」

突如、男が喉を枯らすほどの叫び声を上げた。

そして、男は俺に向かって走り出した。

敵意と悪意をむき出しにする男に対し、俺は右腕を突き出す。

「極大火球！」

男を覆うほどの巨大な炎が俺の腕から放たれる。

大きさとは、すなわち力。

最もわかりやすい暴力の形だ。

火球が男に届くよりも前――、

「があぁぁぁ――！」

男が獣のような咆哮《ほうこう》を上げる。

その瞬間、男の体全体が炎に包まれる。

男は自らの内側から炎を放出したのだ。
そして、男は口から火炎を吐き出した。
——ゴオォォォォン
火球と火炎が衝突する。
水面が大きく揺れ、波となって迫ってきた。
とっさに両手で顔を覆うと、衝撃とともに冷たい水が全身に浴びせられる。
そして、すかさず目を開ける。
「……イフリート……なのか？」
目の前には、まさにイフリートのような姿をした男がいた。
全身から炎を撒き散らし、怒りの形相で俺を睨む男。
俺はなんとなく、男の正体を掴んでいた。
「お前は……過去の俺だな」
俺の意志が弱くなった瞬間に、オーウェンが覚醒する。
中等部の四大祭のときと似たような状況だった。
となると、
「この場所はおそらく俺の意識の中ってわけか……」
以前訪れた、記憶回廊の一部だろう。
俺はオーウェンに尋ねる。

「また、俺の体を奪おうとでもいうのか？」

オーウェンからの返事はない。

やつは怒りを宿した瞳で俺を睨んできた。

「こんな大事なときに体を取られてたまるもんかよ」

俺はオーウェンを睨み据える。

俺にはナタリーを助けるという使命がある。

お前は邪魔だ。

消えてしまえ。

右の掌をオーウェンに向ける。

それと同時に、

「があアァァァァァァ」

オーウェンが咆哮を上げながら、俺に向かって走り出してきた。

「業火の炎、イフリート！」

めらめらと燃え盛る炎がオーウェンに直撃する。

だが、オーウェンの足は止まらない。

距離を詰めてくる。

イフリートと一体化しているオーウェンに、業火の炎は効かないようだ。

それなら、

「岩弾！」

直径1メートルの巨大な岩をオーウェンに向かって発射。

しかし、

――ドオォンッ
オーウェンの剛腕によって岩は砕け散った。

だが、

「――甘いッ」

発射した岩には俺の魔力が多分に含まれていた。

「結合せよ！」

砕かれた岩が元の形に戻ろうと動き出した。

その中心にオーウェンの腕がある。

結合する岩にオーウェンの腕が挟まり、

「があぁぁぁぁぁぁ」

ぶちっと千切れた。

オーウェンの、痛みによる断末魔が広い空間に響き渡る。

しかし、それでもオーウェンの突撃は止まらない。

オーウェンは瞳に激憤《げきふん》を宿し、俺に向かって疾走――。

「馬鹿の一つ覚えだなッ」

単調な動きなら的が絞りやすく、倒すのも簡単だ。

俺は右手で銃の形を作り、オーウェンの足に狙いを定める。

「――銃弾！」

ドンッと風を裂き、黒い弾がオーウェンの右膝を貫いた。

「ぐおぉ……！」

オーウェンは苦痛に顔を歪めるが、それでも前進し続ける。

だから、俺はもう一発、逆足を狙って魔法を放つ。

「銃弾！」

見事、弾丸がオーウェンの左腿を撃ち抜いた。

「……があぁッ」

とうとう、オーウェンは腹ばいになってその場で倒れ込んだ。

倒したと思った、そのときだ。

「あぐぅ……ああァァ！」

強烈な痛みが体を駆け巡った。

右膝と左腿からは貫かれたような痛み、さらには左腕からは千切れたような激痛。

「うっ……く……」

立っていられず、俺は水面に膝をついて蹲《うずくま》る。

何が起きたんだ……？

オーウェンからは攻撃を食らっていないはずだ。
理解できない。
両足と左腕に傷はない。
だが、確かな熱を持って体が痛みを訴えてきた。
先程まで晴天だった空には、いつの間にか雲が現れており、雨が降り始めていた。
水面にぽたぽたと雨が落ちる中、俺は痛みに耐えきれず、その場に倒れた。
――早く終わらせるんだ！
強い焦燥感《しょうそうかん》を覚える。
オーウェンをここで殺せば、もう俺の体は完全に俺のものだ。
過去の自分に体を乗っ取られる心配がなくなる。
「お前が邪魔なんだよ……」
この世界にオーウェン・ペッパーは2人もいらない。
誰だって、オーウェンの存在なんかいらないと思っている。
だって、そうだろ？
誰からも愛されてこなかったんだ。
必要とされてこなかったんだ。
憎まれ疎まれてきたお前《オーウェン》が生きている意味なんてあるのか？
ないなら、俺にくれよ。

お前の分までしっかり生きてやるからさ。
体を起こし、オーウェンを見据えた。
いつの間にか、オーウェンの体から火炎が消えている。
そして、オーウェンは俺と全く同じ体勢を取っていた。
俺はオーウェンに右手の人差し指を向ける。
すると、オーウェンが同じように俺に右手人差し指を向けてきた。
まるで鏡を見ているかのようだ。
「俺の真似事か？」
『俺の真似事か？』
同じ言葉を吐く。
オーウェンに向けた手が震えた。
オーウェンの手もまた震えている。
……お前はお前を殺すのか？
と俺は俺自身に問いかけられているような気分だ。
本当にオーウェンを殺すことが正解なのか？
これが正しい行いだと胸を張って言えるのか？
この体はもともとオーウェンのものだった。
それを奪って殺して……そんなの殺人となんら変わらないじゃないか。

自問自答し、自己嫌悪に陥りかける。
自分の醜い部分が浮き彫りにされているようで嫌な気分だ。
「吐き気がする。気持ちが悪い。お前の存在が不要なんだよ」
『吐き気がする。気持ちが悪い。お前の存在が不要なんだよ』
自分の言った言葉がそのまま自分に突き刺さる。
本当に……嫌な気分だ。
俺という存在は1人であり、過去の俺はいらない。
異物を排除し、純粋な1つの存在になるんだ。
オーウェンを殺して、この意味不明な世界から抜け出す道を探す。
それが俺のやるべきことだ。
決意を込めて、引き金を引こうとした——そのときだ。
オーウェンと視線が重なる。
オーウェンの瞳は悲痛を訴えていた。
「そんな目で見るなよ……」
『そんな目で見るなよ……』
だらん、と右手を下ろす。
オーウェンも右手を下ろす。
オーウェンは確かに嫌なやつだ。

でも、やつの存在を消し、俺がオーウェンに成り代わったとする。

果たして、それは本当にオーウェン・ペッパーなのか？

いつかの自分を否定した先に何がある？

忘れたい過去を消した先に何が残る？

再びオーウェンと視線が重なる。

過去の俺が今の俺をじっと見つめてきた。

「お前は誰だ？」

『俺はお前だ』

過去の自分に問いかける。

過去から今の自分へと答えが返ってきた。

その瞬間、突如として、オーウェンの記憶が俺の脳内を駆け巡った。

そうだ……思い出した。

オーウェンの記憶を、当時の感情とともに思い出す。

オーウェンは認められたかっただけだ。

愛されたかったのだ。

父であるブラックと、母であるアイシャは息子であるオーウェンを全く見ていなかった。

彼らの眼中にオーウェンはおらず、親子の間に愛情はなかった。

幼い頃にそれを知ったオーウェンは父に気に入られようと父と同じ行動をするようになった。

すると、父はようやくオーウェンのことを認め、褒めてくれた。

使用人を殴ったら、

「人の上に立つ者としての自覚が芽生えたようだ」

と父が褒めてくれる。

だから、使用人に暴力を振るう。

料理をまずいと言ったら、

「さすがは我が息子、舌が肥えてるな」

と父が褒めてくれる。

だから、料理を貶《けな》す。

罵倒も罵声も暴言も暴力も、全ては愛情を求めた幼子の自己表現だった。

そのうち、使用人たちは腫れ物を扱うようにオーウェンに接してきた。

いつしか、褒められるためではなく、自身の怒りに任せて暴力を振るうようになっていた。

……本当は気づいていた。

父がオーウェンに向けているのは、親としての愛情ではないことを。

罵声を浴びせたところで、使用人が離れていくだけであることを。

結局、どこにいてもオーウェンを見てくれる者はいず、味方もいなかった。

寂しさが募り、それを暴力でしか表現できない。

孤独はやがて絶望へと変わり、生きる意味を見いだせなくなった。

かつての俺はずっと1人で苦しんでいた。
暗闇で溺れ死にそうになっていた。
でも、そんな哀れなオーウェンも――。
「俺なんだよな」
俺の口から言葉が溢れる。
『そうだ、俺とお前は一緒だ』
オーウェンが俺の言葉を肯定する。
醜く、愚かで、哀れで、どうしようもないオーウェンも俺の一部だ。
俺はゆっくりとオーウェンに近づく。
オーウェンも俺に近づいてくる。
オーウェンを形作っているのは、1つじゃない。
過去が今へと繋がっている。
その連鎖の結果が今となり、ここに俺がいる。
否定するのでもなく、忘れるのでもなく、消し去るのでもない。
「俺は俺を受け入れる」
眼前にいるオーウェンに手を伸ばした。
オーウェンも同じように手を伸ばしてきた。
俺とオーウェンの掌が重なる。

すると、――パリン。

世界が弾けた。

比喩《ひゆ》ではない。

本当に世界が弾けたのだ。

ガラスが割れたように、世界が様相を変えた。

俺とオーウェンが1つになる。

2つの魂が混じり合うような奇妙な感覚に襲われる。

ぐるぐると目が回る。

自分が書き換わっていく。

不思議と恐怖はなかった。

全てを受け入れると決めたから。

オーウェンは日本人の知識を持つ俺でも過去の傲慢な俺でもない。

2つを合わせたものが、オーウェン・ペッパーなのだ。

気がつくと、オーウェンの姿はどこにもなかった。

世界も元通りに戻っている。

視界の端、球体の様子が変わっていることに気づいた。

先程まで紅色と鈍色でくっきり分かれていたものが、今は暗めの赤で塗り潰されている。

純粋な赤ではなく、鈍色が混じった赤。

決して綺麗とは言えない色だ。
でも、この濁った赤こそがオーウェン・ペッパーであると思った。
いつ頃からか、雨が止んでいた。
晴天とは言えない、曇り空だ。
そんな雲の隙間から光が射す。
光に照らされた球体に俺はゆっくりと近づく。
そして、宙に浮く球体に触れた、その瞬間——体が球体の中へと吸い込まれていった。

◇◇◇

ベルクは、突然の出来事に焦りを感じた。
人斬りジャックを倒して、しばらくしたときだ。
突如、学園街全体が謎の結界によって覆われた。
同時に、学園の至るところからもくもくと狼煙《のろし》のようなものが上がり始める。
学園街の様相がガラッと変わり、異様な雰囲気に包まれた。
ベルクが混乱したのは、最初だけだ。
すぐに、事態の収拾に向けて動き出す。
まず、狼煙が上がっているところに向かって走り始めた。

狼煙に近づくにつれ、霧が深くなり視界の確保が難しくなる。
そして、さらに濃い霧の中を進むと、
「ぐ……ッ」
頭が酷く痛み出した。
さらに意識も朦朧《もうろう》としてきた。
ベルクは、霧を吸うのはまずいと考え、口元を手で押さえる。
だが、頭の痛みは治まらず、その場で蹲った。
——このままでは危険だ。
そう考えたベルクは体内で魔力循環を行った。
ベルクは危険を察知すると、無意識に魔力循環——身体強化をする癖がついていた。
それが功を奏し、たちまちに頭痛がなくなり、意識がはっきりとしてきた。
原因はわからないが、ひとまず不調が消えたようだ。
もし、この霧が学園街全体に広がれば相当な被害が出てしまう。
「早く止めなければ」
そうして、ベルクは足を速めた。
しばらく走ると、黒い霧の発生源までたどり着いた。
そこには、
「魔障石《ましょうせき》か……？」

直径1メートルを超える、灰色の岩があった。
今までに何度も見たことのある魔瘴石だが、サイズがあまりにも大きい。
魔瘴石からは、もくもくと黒い霧が出続けている。
この霧の正体は、
「瘴気ということだろうな」
とベルクは推測する。
と同時に彼は剣を握って——ザシュッ！
一閃。魔瘴石を真っ二つにした。
すると、魔瘴石から溢れ出ていた黒い霧が止まった。
しかし、その直後——。
「うぐあぁぁぁ」
唸り声を上げて、背後から近寄ってくる存在にベルクは気づいた。
振り向くと、そこには紫色の体を膨張させた魔物がいた！
ベルクは、剣を強く握りしめ、そして鋭い斬撃を放つ。
「あああァァァ」
魔物の腹に深い切り傷を入れると、鮮やかな血が噴き出てきた。
しばらくうめき声を上げる魔物だったが、すぐに動きを止める。
そして、灰となって消えていった。

「なぜ、ここに魔物が……？」

疑問を覚えた直後、ベルクは近くでふらふらと歩く男子生徒を見つけた。

男子生徒は両手で首を押さえ、苦痛に顔を歪めている。

ベルクが近寄りながら「大丈夫ですか？」と聞いた、その刹那――。

「うああァァ、ああァァ！」

男子生徒が暴れ出した。

そして突然、彼の体が膨張を始めたのだ。

服がはちきれ、どんどんと膨れ上がっていく男子生徒。

「まさかこれは……」とベルクが呟く。

男子生徒が先程のベルクが斬った魔物と似た姿に変貌していた。

あまりの急激な変化と、その醜悪《しゅうあく》な変容。

ベルクは昔のオーウェンが関わった事件を思い出す。

「――魔物化現象」

初等部1年の時、商業エリアに魔物が現れ、暴れ回った事件があった。

魔物の正体はドミニクであり、紫色の肌を持つ化け物の姿になっていたと言う。

その場に居合わせていたわけではないが、それと同じような現象が起きていると、ベルクは理解した。

「うらァァァァ――！」

化け物になった生徒は理性をなくした咆哮を上げながら、ベルクに襲いかかってきた。

──シュンッ。ベルクは剣をひと振り。

一撃で魔物の首を断ち切り、息の根を止めた。

元が人であろうと、容赦はしない。

このような姿になってしまったら、もう元には戻れないだろう。

殺すことが一番の処置になる。

ベルクは、軽く黙祷《もくとう》を捧げた。

そして、他の場所に設置された瘴気の発生源を止めるために走り出した。

怒号と絶叫が鳴り響き、学園街全体がパニックに陥っていた。

そんな中、ベルクはしばらく学園を奔走する。

「これで5人目か……くそッ」

ベルクは化け物となった生徒を斬った後に、悪態を吐く。

斬っても、斬っても、キリがなく、次々と出現する化け物たち。

人間が魔物になっている以上、魔物が際限なく湧いてくるようなものだ。

しかし、全ての瘴気の発生源を断てばこの悪夢は終わるはず。

「早く終わらせなければ、僕の手でこの悪夢を」

王子としての矜持だ。

生徒およびこの土地に住まう多くの人が犠牲になっている現状を、ベルクは看過できない。

首謀者が誰かわからないが、怒りが湧いてきた。

それは義憤というものである。

そうしてベルクが瘴気の発生源をまた1つ破壊した、そのときだ。

「――――」

彼の視界の端で空間が捩れた。

その直後、空間の割れ目から、金髪の少女が出現した。

その人物はベルクのよく知っている少女で、

「……ナタリー？」

そう、ナタリー・アルデラートがベルクの目の前にいた。

だが、ナタリーが無事戻ってきたと安堵できるほどベルクは楽天的ではない。

彼女の様子は明らかにおかしく、放たれる威圧感にベルクは呑まれそうになった。

ナタリーであって、ナタリーでない何か。

「君は……誰だ？」

ベルクはナタリーの皮を被った何かに向け、問いかける。

しかし、返事はない。

ナタリーがベルクに目を向けた。

ベルクとナタリーの視線がぶつかる。

「…………」

彼女の瞳はゾッとするような冷たい色をしていた。

ナタリーは無感情に口を動かした。
ベルクの位置から、彼女の声は聞こえない。
「――――ッ」
ベルクは危険を察知し、身体強化を施した。
次の瞬間、ベルクの眼前の空気が圧縮された。
――ゴォォォォォン
空気が轟音とともに爆《は》ぜた。
爆風が吹き荒れる。
ベルクは直前に、大きく後ろに跳ぶことで直撃を避けていた。
しかし、
「なんて威力だ……」
と、呆然としながら呟いた。
目の前に大きな穴が出来上がっていた。
とてつもない破壊力だ。
ナタリーが無表情でベルクを見つめる。
彼女の碧眼《へきがん》には深い闇が広がっているようだった。
目を合わせるだけで、体が震えてしまいそうな碧《あお》だ。
ベルクは状況を把握しきれていない。

そんな中でも、ナタリーを止めることが最優先事項だと考えた。

ナタリーのもとへと駆け出す。

だが、直後――。

「――――」

彼の疾走を妨害するように、上空から十を超える魔法陣が出現した。

ドンッ――魔法陣から灰色の弾が放たれる。

「ッ………！」

ベルクは体を動かし、弾を避ける。

だが、弾数が多く、全てを避けるのは無理だった。

被弾しそうな弾を剣で弾いた、次の瞬間――。

「うぐ……ッ……」

剣が急激に重くなった。

その1秒にも満たぬ一瞬、ベルクの動きが鈍った。

それが致命的となる。

直後、四方八方から灰色の弾がベルクに襲いかかってきた。

ベルクの体に1つまた1つと灰色の弾がぶつかる。

「が……はっ……」

それらが当たる度にベルクは息が苦しくなり、体が重くなるのを感じた。

ついに重力に耐えきれなくなったベルクは、膝を折って土に片手をつく。

ナタリーはそんなベルクに対して、容赦なく攻め立ててきた。

「――――」

ベルクの目の前の空間が歪曲《わいきょく》、圧縮される。

それは出会い頭《がしら》に彼女がベルクに向けて放った技だった。

ベルクはその場から離脱を図ろうとするが、

「重い……ッ」

体が想定した以上に重くなっており、その場から動けなかった。

そうして、大気が爆ぜる直前――。

「――雷壁」

ベルクの眼前に雷の盾が出現した。

そして直後、

――ドゴオオォォォン
地響きが鳴り、大地が大きく揺れ動いた。

衝撃がしばらく続く。

盾はぼろぼろに崩れ去るが、ベルクに被害はなかった。

盾が消滅した後に、ベルクは辺りを見渡す。

「――――」

息を呑んだ。

盾によって守られたベルクの辺りを除いて、景色が一変。

爆発によって周囲の建物が崩壊し、木々がなぎ倒されていた。

あまりの破壊力にベルクは背筋にぞくりと冷たいものを感じた。

「大丈夫か？」

ユリアンがベルクに話しかける。

はい、とベルクは答えかけたが、

「危ないところでした」

と正直に言う。

ユリアンに助けられなければ、ベルクは大怪我を負っていた。

最悪、死んでいたかもしれない。

「まだ戦えるかい？」

ユリアンの問いに、ベルクは首を縦に振って答える。

「もちろん、戦えます」

「そうか、わかった。しかし、これはどういう状況だ……？」

ユリアンはナタリーに目を向ける。

「わかりません。突然、彼女が現れて僕に攻撃をしかけてきました」

ベルクもそれ以上のことはわからない。

ユリアンは、眉間に皺を寄せた。
「それなら、ナタリーを倒すしかないね」
ベルクもユリアンの言葉に同意する。
ベルクとて、友人であるナタリーを倒すのは辛い。
別の方法を模索したいが、その余裕はなさそうだ。
彼らがそうやって話しているときだ。
「まさか……飛行魔法……」と、ベルクが言う。
ナタリーがゆっくりと飛行し始めたのだ。
それはオーウェンの代名詞とも言える飛行魔法。
だが、彼以外にも過去に飛行魔法を会得《えとく》した女性がいる。
それは――、
「――魔女。いや、でもそんなことって……」
ベルクが呟く。
「考えている時間はなさそうだね」
ユリアンがそう言った直後だ。
ナタリーが彼らに向けて灰色の弾を放った。
彼ら2人はそれぞれ別方向に散る。
こうして、ナタリー対ベルク&ユリアンの戦いが幕を開けた。

第十三幕

俺は意識の世界から抜け出した。

しかし、目を覚ました瞬間に自分が窮地に陥っていることに気づく。

底が見えない暗闇に落ちている途中だった。

「引力解放！」

重力魔法を行使し、落下を止める。

見上げると、地上はすぐそこに見えた。

意識を失っていた時間はそんなになにもなかったようだ。

以前のユリアン戦のときもそうだが、どうやら意識の中と現実とでは時間の流れが違うらしい。

「……落下して死亡ってのは避けられたみたいだ」

黒塗りの扉の前に降り立つ。

首から上がなくなった男が視界に映った。

「……見ていて気分の良いものではないな」

こいつが凶悪犯罪者であっても、死体に向かって悪態を吐く気にはなれない。

かと言って、同情する気もない。

放置することにした。

それよりも、

「ナタリーの変わりようはなんだ？」

彼女の最後の様子は尋常ではなかった。

嫌な予感が拭えない。

周りを見渡すが、ナタリーはいなかった。

彼女がどこに行ったかわからない。

「来た道を戻るしかないな」

俺は走り始めた。

途中、2体の像があるところを通るが、シャロットはもういないようだった。

代わりに、扉の近くで座り込んでいる2つの影を発見した。

モネとトールだ。

俺の足音に気づいたトールが振り返る。

それにつられてモネも振り向く。

「オーウェン君……」

トールが何か言いかける。

だが、トールはすぐに言葉を呑み込んだようだ。

「…………」

2人がこのままどこかに消えていってしまうような気がした。

でも、それならそれでいいと思う。

ここで俺がモネを捕まえたところで、きっと誰も幸せにはならない。

なんて声をかけるべきだろうか、と一瞬だけ悩む。

「俺は何も見てないし、何も知らない」

結局、俺はそう告げることにした。

トールが、

「ありがとう。恩に着るよ」

と呟くのが聞こえてきた。

その後で、

「馬鹿なやつね、ほんと」

とモネが呟くが、俺は馬鹿で構わないと思った。

きっと、彼らは今から逃げるのだろう。

でも、それでいい。

逃げるなら逃げてくれ。

俺はモネを救うことはできない。

ならせめて、俺にできることはモネを見逃すことぐらいだ。

「達者でな」

「オーウェン君も気をつけて」

「おう」

俺たちは短いやり取りをした後に別れた。

さらに、薄暗い道を進むと、洞窟空間の入り口に到着した。

そうして、入り口の小さな穴をくぐると、ようやく美術室に戻ってこられた。

「凄まじい戦闘の痕《あと》だな」

美術室の中は酷い有り様だ。

戦闘の痕は美術室だけでなく、下の階および外にも広がっていた。

カザリーナ先生とファラの激戦を物語っていた。

俺は窓から飛び出し、身体強化を使いながら上手く着地を決める。

木に縛り付けられているファラの姿を見つける。

「カザリーナ先生が勝ったんだ」

安心した。

だが、安堵もつかの間、外の様子がおかしいことに気づく。

空が結界のようなもので覆われている。

そして黒い霧——瘴気のようなもので空気が淀《よど》んでいる。

「う……ッ」

突然押し寄せてきた強烈な不快感。

瘴気が体に入り込み、体内に悪影響を与えているのだろう。

以前、ファーレンに瘴気が体に入り込んだときの対処法を聞いたことがある。

「完全に瘴気を除去するには、聖魔法で浄化するしかありません」

と、そのときは言われた。

そもそも、普通は瘴気が体に入り込むような事態にならないらしい。

瘴気は人が吸ったとしても影響はないモノのはずだっだ。

だが、ドミニクの事件で瘴気が体に悪さをする事例を知った。

「聖魔法が使えない人が瘴気に侵されたらどうすることもできないのか？」

「瘴気の影響を少なくすることはできます。魔力を体内で循環させ、瘴気が入り込む隙間をなくすことです」

俺はファーレンとの会話を思い出す。

そして魔力循環を行うと、不快感が和らいだ。

「ファーレンの言った通りだな」

とファーレンに感謝する。

学園街には、先が全く見えないほどの、濃い瘴気で覆われている場所がある。

その中に入れば、瞬時に瘴気で体を侵されてしまうだろう。

「瘴気を止めなければ……。大勢の人が死ぬ」

この学園街には多くの人がいる。俺のような対処法を知っている人はほとんどいないだろうし、知っていても簡単に行えるものでもない。

改めて確認する必要もないが、今の学園街は危機的状況だ。

ナタリーを救うことに加えて、この学園街で起きている問題を解決しなければならない。

「どっちも解決したいが……ああ、くそッ。考えが纏まらん」

焦りを感じていると、近くで咆哮が聞こえてきた。

首を動かし、音がした方に視線を向けると、

「まあ、そう来るよな」

ぶくぶくに太った化け物がいた。

図体《ずうたい》に合わない制服は、はちきれんばかりに膨らんでいる。

それはかつてのドミニクと同じく、人が魔物となってしまった醜い姿だ。

俺のトラウマとなったものである。

しかし、ドミニクと1つ違うのが、俺の目の前にいるやつには理性が欠片も残っていないことだ。

殺すことに躊躇《ためら》いはない。

「銃弾――――！」

黒い弾丸が化け物の眉間を貫いた。

化け物は倒れ、灰となって消えていく。

「すまない」

一言だけ謝罪をした。

その直後、

――ドカアァァァァン
離れたところから爆音が聞こえてきた。

俺は音のした方に目を向けた。

そこでは――、

「ナタリー……なのか？」

ナタリーと思われる人物が空に浮かび上がっていた。

目を凝らす。

見れば見るほど、それは金髪の少女ナタリーだった。

「どうして、ナタリーが空に浮いている？」

そう疑問を抱く。

だが、考えるよりも先に足を動かすことにした。

ナタリーのもとへ向かおうとするが、

「オーウェンさん！」

一歩踏み出す前に呼び止められた。

振り向くと、そこにはエミリア、ファーレン、そしてシャロットがいた。

「3人とも怪我はないか？」

俺は彼女らのもとへ駆け寄る。

「大丈夫よ。それより――」

エミリアは上空に視線を移す。

そして、彼女は真剣な表情をして尋ねてきた。

「あれは……ナタリーなの？」

空に浮いている金髪の少女。

外見は間違いなくナタリーだ。

「あれはナタリーだけど……ナタリーじゃない」

「じゃあ、なんなの？」

エミリアの問いかけに、俺は言葉を詰まらせる。

俺以外で空を飛べる存在と言えば――。

「――魔女ですね」

俺の思考をなぞるように、シャロットがぽつりと呟いた。

彼女の言う通り、過去に空を飛べた存在は魔女だけである。

だからと言って、飛行魔法と魔女を結びつけるのは安易な発想だ。

俺のような特殊な例もあるから。

それにナタリーは俺と仲が良い。

俺の重力魔法を模倣《もほう》して空を飛べるようになった……。

と、考えてみたが、

「そんなわけないよな」

ナタリーが空を飛べるわけがない。

重力魔法の原理を知らないナタリーが俺の動きを模倣したからと言って空を飛べるわけではない。

それに黒帽子の言っていた言葉も引っかかる。

ナタリーはもうナタリーではない。

そうなると、ナタリーの体を別の誰か……そう、例えば魔女に乗っ取られたと考えるべきだ。

「ナタリーが魔女になってしまったかはわからない……。だが、何者かに体を乗っ取られたのは確かだ」

「それは……元に戻るの？」

「元に戻すしかない。すまん、俺が不甲斐《ふがい》ないばかりに……」

「オーウェンのせいじゃない。きっと他の人が助けに行っても同じ結果になっていたわ」

エミリアが慰めを口にする。

「それに過ぎたことを考えても仕方ないよ。今できることをしよう」

「そうだな。その通りだ。ありがとう、エミリア」

と、エミリアに感謝を伝えた後に、俺は今後のことを考えた。

今ある課題は２つ。

１つ目がナタリーを助けること。

そしてもう１つが、瘴気を止めることだ。

この２つをクリアしなければ、学園に平和は戻ってこない。

「みんなに頼みがある」

「何?」

「学園で発生している瘴気を止めて欲しい。できれば、混乱している学生たちを助けてやって欲しいが……。そこまで手が回らないようなら後回しにしてくれても構わない」

つまり、場合によっては生徒を見殺しにしろ、ということだ。

「わかったわ」

エミリアが頷く。

続いて、

「わかりました」

「もちろん、そのつもりでした」

シャロットとファーレンが頷いた。

「オーウェンさんはどうするのですか?」

ファーレンが尋ねてきた。

「俺はナタリーを助けに行くよ」

「大丈夫ですか?」

ファーレンが心配そうな目を向ける。

かなり厳しい戦いになることが予想される。だが、

「大丈夫。今の俺はかなり強いから」

目を覚ましてから、体に力が漲《みなぎ》っているのを感じた。

魔力量が大幅に上がっている。

過去の自分と1つになったためだと思う。

ナタリーを救えなかった俺が、こんなことを言うのは烏滸《おこ》がましいかもしれないが——、

「今度こそ、俺が救ってみせる」

「次、失敗したら許さないよ」

エミリアが強い眼差しで俺を見てきた。

「手厳しいな。でも、大丈夫。そっちも頼んだ」

「任せて」

エミリアがぽんっと胸を叩いて頷いた。

「オーウェンさん」

「なんだ？　ファーレン」

「何もかもを救おうとすれば、この手から溢れ落ちるものが出てくる。そうオーウェンさんは私に言いましたね」

ファーレンが俺の瞳を覗き込んできた。

「そうだな。そんなこと言ったな」

ドミニク事件の際に、俺がファーレンに告げた内容だ。

「今となっては、その意見を正しいと思っています。でもそれは、最大限の努力をした後の話です。

だから、最後までナタリーさんを見捨てないでください」

俺がドミニクのときのようにナタリーを見捨てると、フォーレンは考えているのかもしれない。

でも、俺は絶対にそんなことはしない。

「ああ、そのつもりだよ。何があっても見捨てる気はない」

「そうですか。それを聞いて安心しました。それと、瘴気から身を守る手段として、聖なる羽衣《はごろも》を付与します」

「そんなのがあるのか？　すごいなファーレンは……。助かるよ、ありがとう」

ファーレンが1つ頷き。

そして目を閉じて、俺の胸元に手を当ててきた。

「汝に付与する衣が、邪気からその身を守らん——聖なる羽衣」

ファーレンの手から白い光が現れ、俺の全身を優しく包み込んだ。

ふわり、と体が軽く感じる。

そのすぐ後、白い光が純白のベールとなり俺の体を覆った。

ベールはすぐに消えてなくなる。

同時に、体に纏わりついていた不快感も消えた。

ファーレンがゆっくりと目を開けて、

「頑張ってください」

と言った。

「お互い、な。じゃあ、行ってくる」

俺は彼女らに別れを告げて、ナタリーのもとへ向かった。

◇◇◇

突然、戦闘音が止んだ。

「…………」

居心地が悪いような静けさだ。

俺は足を速め、ナタリーがいる地点に向かった。

身体強化を使ってしばらく走る。

ナタリーの顔を目視で確認できるところまで来た。

「ベルク……？」

地面に伏しているベルクを発見。

ベルクは体中切り裂かれたような酷い怪我を負っていた。

「おい！　大丈夫か⁉」

まだ息をしているようだ。

誰にやられたかは明白。

ナタリーにやられたのだ。

「オーウェンか……。ああ。このぐらい、なんてことはない」

ベルクはゆっくりと体を起こす。

「君のイフリートを食らったときの方がよっぽど堪《こた》えるよ」

ベルクは痛みも不安も全く感じさせない顔で、歯を見せて笑った。

こんな状況でも、ベルクはカッコいいな。

というか、カッコつけているな。

「少し寝たおかげで、だいぶ回復したよ。それよりも、問題は彼女の方だ」

ベルクが上空に視線を移す。

それにつられて俺も顔を上げると、ナタリーと目が合った。

……ぞくり。

冷たいものが背筋に走る。

ナタリーが十数個の魔法陣を展開した、その直後。

灰色の弾が俺たちのもとに降り注いだ。

「いでよ、土壁！」

俺は頑丈な土の壁を出現させた。

――ドンッ、ドンッ、ドンッ！

何度も放たれる灰色の弾。

弾が壁に当たる度に壁が脆《もろ》くなっていく。

すぐに、壁が壊されてしまう。

「俺が1人で相手する」

「でも、無茶だ！」

「ベルクにはあれの相手は無理だ」

俺は突き放すように告げた。

ベルクが苦虫を噛み潰したような表情をする。

「勘違いするなよ。相性の問題だ」

「相性か……僕はつくづく君とは相性が悪いようだね」

「俺とベルクが？」

「いや、なんでもない。君の言う通りだ。僕は僕のやるべきことをやろう」

「頼んだ」

「任された」

ベルクがそう言うとほぼ同時だ。

「雷鳴轟落雷一閃《らいめいとどろきらくらいいっせん》」

頭上からの閃光。

爆音とともに落ちる雷。

それはナタリーの得意としていた技だ。

ナタリーでないお前がそれを使うなよ、と憤りを感じた。

俺が左、ベルクが右に走り始め、
――ドオォォォン
雷は俺たちのちょうど間に落ちた。
間髪入れずに、ナタリーが魔法を放ってきた。
「銃弾！」
俺はベルクから注意を逸らすために、銃弾を放って対抗した。
そこからは、俺とナタリーとの遠距離での魔法の撃ち合いが行われた。
「――――」
一進一退の攻防がしばらく続く。
その間にわかったこと。
ナタリーは主に3つの系統の魔法を使う。
1つ目は、ナタリーが得意としていた雷魔法。
2つ目が、俺が得意とする重力魔法。
そして、3つ目が空間魔法だ。
この中で最も厄介なのが空間魔法だ。
攻守ともに空間魔法は優れた魔法である。
どこからでも攻撃可能であり、防御不能。
チート魔法だ。

遠距離の撃ち合いは俺の方が不利だ。

近距離……せめて中距離に持っていきたい。

「────ッ」

俺は瞬時に身体強化を使った。

ナタリーの魔法を回避しながら、彼女のもとへと向かっていく。

そして──。

「──引力解放」

重力魔法発動の直前に地面を蹴った。

重力を少なくし、初速の勢いを保って上空にいるナタリーのもとに接近した。

「空間切除」

俺とナタリーを結ぶ直線上、空間が歪んだ。

「ッ……！」

飛行速度を落とさず、進行方向を少しだけずらし、ねじ曲げられた空間を回避した。

「イフリート──！」

俺はナタリーに向けて、業火の炎を放った。

その威力は今まで俺が使っていたモノよりも明らかに上。

禍々しく黒い炎が大気を燃やし、ナタリーに向かっていく。

ナタリーは「空間転移」と唱えた。

炎が虚空に消え、その直後。

「……そっちか⁉」

俺の真横から黒い炎が出現した。

「土壁！」

とっさに炎と俺との間に壁を生成する。しかし、

「が……ぁっ……！」

炎は土壁を突き抜け、俺に直撃。

壁によって炎の勢いを落としたとは言え、イフリートの威力はかなりのモノだった。

痛みに顔が歪む。

さらに次の瞬間、

「加重弾よ」

俺を囲うように四方八方から魔法陣が展開された。

「発射せよ」

灰色の弾が全方位から放たれた。

俺は重力魔法を駆使し、空中移動で弾を避ける。

「く……ッ」

だが、右肩に被弾した。

その瞬間、急激に右肩が重くなり、落下していく。

「引力解放――!」

ナタリーから受けた重力魔法を、俺は自身が発動した重力魔法で打ち消す。

しかし、直後、

「落雷一閃《らくらいいっせん》」

頭上からが雷が落ちてきた。

「――紅焔激火《こうえんげっか》」

雷と焔が激突し、轟音が響き渡る。

間髪入れず、俺は右手人差し指を上空に向けた。

「銃弾――!」

黒い弾が大気を切り裂き、ナタリーのもとへとまっすぐに進んでいく。

「空間切除」

ナタリーの眼前の空間が歪み、次の瞬間、空洞が出来上がった。

そして、弾丸が虚空に消えていく。

俺が次の魔法を放とうとしたときだ。

「――」

激しい悪寒が背中を走り抜けた。

真上からナタリーが冷めた目で俺を見下ろしている。

そうして、彼女は詠唱を始めていた。

「業火の炎、焼き尽くせ――イフリート！」

俺はナタリーが詠唱を終える前に魔法を放つ。

だがしかし、炎がナタリーに届く前に、ナタリーの詠唱がほぼ完了していた。

ナタリーが最後の一言を呟く。

「――虚無《きょむ》」

周囲の景色が灰色に覆われていく。

ゾクゾクッ。

言葉にならない恐怖が背筋を這う。

「…………」

しかし、その恐れの感情も一瞬だけだった。

直後、世界は全てモノクロへと変貌。

恐怖はすぐに消えてなくなった。

恐怖だけではない。

感情そのものがごっそりと俺の中から抜け落ちた。

「あっ……」

自分の吐いた言葉が遠くから聞こえてくるようだ。

何も感じない。

何も思わない。

嬉しさも、悲しさも、楽しさも、喜びも。
感情を動かすモノが何もない。
「――――」
世界が灰色で、俺の眼前には虚無の世界が広がっていた。
同様に俺の心は空虚なモノとなった。
ここでは、生も死も意味がない。
世界に価値はなく、自分という存在もまた無価値。
生きている意味もなければ、死ぬ理由もない。
俺という存在にも意味がないなら、自我を放棄してしまおう。
地面に落ちていく。
どこまでも落ちていく。
何もかもを手放そうとした――――そのときだ。
「くっ……！」
激情が疼《うず》いた。
「――炎神武装」
凄まじい熱が、俺の体に纏わりつく。
心の底から溢れ出してくるのは、消えることのない怒りだ。
憤りが内側からふつふつと湧いてくる。

オーウェンが憤りを爆発させたのだ。
感情を捨てるな。
お前は俺だ。
オーウェンが俺を叱咤《しった》する。
ああ、そうだ。
俺は忘れてはならない。
もう1人の俺が、憤りをもって俺の感情を蘇らせてくれた。
体の奥底から力が漲った。
「あああぁぁぁぁぁぁぁぁぁ――――ッ！」
炎神《イフリート》の力が解放された。直後、
――ドオォン
俺は地面にぶつかった。
砂塵が舞う。
衝撃による痛みはなかった。
全身を覆う業火によって、俺は守られている。
全能感を得る。
しかし、何もしていなくとも、全身から魔力が垂れ流されていく状態だ。
魔力の消費が激しく、炎神武装を維持できる時間はそう長くない。

「一気にケリをつける……ッ！」

俺はナタリーの方を向き、両腕を彼女目掛けて突き出した。

「極大火球！」

両腕から放たれた火球は、人を数人単位で丸々と呑み込むほどの大きさだ。

そこに含まれたエネルギーも大きさに比例して凄まじい。

「無限空間」

ナタリーが異次元空間を出現させた。

その空間の中は真っ暗闇が広がっていた。

火球が異次元の闇に呑み込まれた。

「――引力解放！」

俺は地面を蹴った。

ドンッと鈍い音がし、大地が割れる。

化け物じみた脚力で、空高く翔び上がった。

体に大きな負荷がかかり、

「くっ……！」

筋肉が悲鳴を上げた。

だが無理をした甲斐もあり、瞬時にナタリーに接近。

右手人差し指を彼女に向ける。

「緋弾《ひだん》」

紅い炎を纏った銃弾がナタリーに向かって飛来する。

「空間切除」

ナタリーの眼前の空気が揺れ動く。

歪曲し、緋弾が空間の狭間に呑み込まれる、直前。

「ぐ……ぅ……っ」

弾がナタリーに当たった。

初めてナタリーは表情を動かし、苦痛を訴えた。続けて、

「緋弾！」

ナタリーは避けようとするものの、

「がはッ」

彼女の体を赤い銃弾が貫いた。

ナタリーの動きが鈍る。

一瞬で、俺は彼女の眼前まで距離を詰めた。

そして、右手拳を強く握りしめる。

「炎拳《えんけん》――」

拳が炎に包まれ、めらめらと燃える。

「――鉄砕！」

「ぁはっ……！」

ナタリーの腹に、めらめらと燃える炎の拳が入った。

直後、ドオォンと音を立ててナタリーが落下した。

しかし、まだ彼女を倒すには至らなかった。

ナタリーはすぐに起き上がり、無表情な目で俺を見つめてくる。

「次で終わらせる」

俺は両の掌をナタリーに向けた。

彼女を殺しかねないほどの大技。

それを放つ覚悟を持って、詠唱した。

「憤怒《ふんぬ》が劫火《ごうか》となって燃え滾《たぎ》り、灼熱の化身を解き放たん――炎神《イフリート》！」

俺の中にある全ての力が解放された。

神を解き放ち、イフリートが化身となってナタリーに襲いかかる。

怒りの形相、神の鉄槌。

「……無限空間」

ナタリーが異次元空間を作り出した。

イフリートが異次元の空間に呑み込まれる――がしかし。

異空間では収まりきらない膨大なエネルギーを持つイフリートが無限空間を突き破った。

「あぅぁぁぁあああぁぁ……ッ」

炎に身を包まれたナタリーが悲鳴を上げながら地面に伏す。
それは目を背けたくなる光景だった。
ナタリーが燃えていく。
めらめらと体が燃え盛る。
怨嗟を並べ立てるナタリー。
だが、目を背けてはならない。
あとは、
「どうか、ナタリー。戻ってきてくれ」
そう願うしかなかった。
ぐらっ、と視界が揺れ動く。
貧血のような状態。
血は足りているが、魔力が足りていない。
魔力の大半を消費してしまい、魔力不足に陥った。
炎神武装を解除した途端、
「……くっ……」
反動によってこめかみに痛みが走った。
俺は頭を押さえながら、ゆっくりと地面に降り立った。
そして、倒れているナタリーを見た瞬間——。

「ううぅぁあッ――――」

ナタリーがうめき声を上げていた。

刹那、

「うそ……だろ？」

ナタリーが周辺空間から瘴気を吸収し始めたのだ。

◇◇◇

時は少しだけ遡《さかのぼ》る。

オーウェンと別れた後のファーレン、エミリア、シャロットたち。

シャロットが開口一番に言った。

「結界を壊しましょう」

「どうやって？」

エミリアがすぐに疑問を口にする。

「これほど広範囲の結界を張るには、魔法陣と魔石が不可欠です。それを壊せば結界は止まります」

「確かに、言われて見れば。その通りね……」

エミリアは同意を示す。

しかし、思い直したように首を捻った。

「でも、結界を壊すよりも瘴気を止めるのが先決じゃない？」

「おそらくですが……どちらも同時に解決します。ちょっとだけ見ていてください」

シャロットはそう言った後に、上空に火球を放った。

すると、火球は結界に当たったかと思いきや、そのまま結界をすり抜けて外へと消えていった。

その光景を見たシャロットは、

「やっぱり」と1人で納得する。

「どういうこと？」

「この結界は物理結界ではありません。指定された物質を閉じ込める結界です。もっと具体的に言えば、瘴気を閉じ込めるための結界です」

シャロットがそう推測したのも理由がある。

物理的な結界をここまで広範囲に作り出すことは現実的ではないからだ。

エミリアはシャロットの言いたいことを理解した。

学園街で起きている現象、魔物化現象は人が瘴気を多く吸収したために起こるものだ。

つまり、

「結界を壊し、瘴気を外に逃がしてしまえば魔物化現象が止まるわけね」

「その通りです」

シャロットが首を縦に振った。

「術式の魔力供給源となる魔石を破壊すれば任務完了です」

「わかったわ。でもそうなると、魔石を探さないとね」

この学園街の隅々まで探すとなれば、相当な時間を要する。

シャロットが「目星はついています」と答えた。

「広範囲な結界ともなれば、十中八九、魔石は結界の中心にあります。詳しい説明は省きますが、そうでなければ術式が成り立ちません」

「……私はそこまで詳しくないからシャロットの言葉を信じるよ。要は結界の中心に行けばいいってわけね」

「はい、急ぎましょう」

「大丈夫、一瞬で連れていってあげるわ」

結界の中央とは学園の中央でもある。

つまり、そこは初等部の訓練所。

訓練所の方を見ると瘴気が濃い場所を発見した。

おそらく、そこに魔石がある。

「ちょっとばかし乱暴になるけど、我慢してね」

エミリアは魔力制御に集中した。

彼女がイメージするのはオーウェンの姿だ。

空を自由に駆け回るオーウェンの姿をエミリアは何度も見てきた。

自分も空を飛びたいという願望を抱いた。

そんな彼女だから、より鮮明に飛翔するオーウェンの姿をイメージできた。

想像は魔法によって現実に変わる。

「風巻《しまき》」

突風が3人を空へと押し上げた。

飛行魔法と言うには些《いささ》か不安定であるものの、彼女らは確かに空に浮かんだ。

エミリアは、空を駆けるイメージを強めた。そして、

「地に縛られず、空を駆けろ！　――飛翔」

風が彼女らを包み込んだ。

「――――」

爆風によって上空に高く打ち上げられた。

エミリアは妙に高いテンションで叫び、

「きゃあああああ！」

「ん、んんんッ」

シャロットとファーレンの絶叫。

「あはははははっ、たっのしいぃぃぃ！」

妙にハイテンションなエミリア。

オーウェンの飛行魔法と違って、自由に空中を移動できるわけではない。

ただ目的地に向かって、まっすぐに飛行する。

でも、今回の場合はそれで十分だった。

今必要なのは、最短で目的地に着くことだから。

不安定な上に目が回り、乗り心地の悪さにエミリア以外の2人は酔ってしまった。

しかし、その甲斐もあり、彼女らはすぐに目的地の前まで来た。

エミリアはそこで一旦、魔法を解除する。

ここに来るまでの勢いもあって、彼女たちは放物線を描き初等部の訓練所に落下していく。

「やー、やー！　死ぬぅ！」

「んんッ……」

騒ぐシャロット。

目をぎゅっと閉じるファーレン。

エミリアはそんな二人を尻目に魔法を使った。

「いでよ――スライム！」

スライムと言っても本物のスライムではない。

彼女が想像で作り出したスライムだ。

ふわふわのスライム状の球体がエミリアの前に現れる。

そして、それと一緒に彼女らは地面に落下し……ポヨン。

スライムによって衝撃が吸収され、3人は無事着地に成功した。

「あー、怖かったです。でも、一瞬で着きましたね」

シャロットが体を起こしながら言う。

「そうね」

エミリアは頷いた後に、

「たどり着けたのはいいけど、悠長に構えている時間はなさそうよ」

と周囲に目をやりながら言った。

シャロットとファーレンはエミリアにつられて、周りを確認する。

「ひっ……化け物がうじゃうじゃ……」

シャロットが小さく悲鳴を上げる。

彼女らを囲むように、サンザール学園の制服を着た魔物たちがいた。

魔物化現象によって姿を変えられた、哀れな生徒たちだ。

シャロットはぎゅっと手を握る。

「こいつらは……学園の生徒なんですよね」

そう言った瞬間、シャロットは口元を押さえた。

「うっ……」

彼女はなんとか嘔吐《おうと》するのを我慢する。

だが、喉元まで吐瀉物《としゃぶつ》がこみ上げてきていた。

シャロットと同様に、エミリアの心中も穏やかではなかった。

むしろ、この状況下で平静を保てる方が異常なのだ。

エミリアもこの場で吐き出したい気分だった。

あまりにも悲惨な光景だ。

そんな中でも、ファーレンだけは平気そうな顔をしていた。

そんなファーレンを見て、

「どうして平気でいられるの？」とエミリアは疑問を口にした。

「嘆いていても始まりません。私は自分の為《な》すべきことをします」

「為すべきこと？」

「私が彼らを救ってみせます」

「救う？　それは神のもとへ導くという意味の救済？」

神のもとへ行く。

つまり、死ぬということだ。

エミリアが尋ねているのは彼らを殺すつもりなのか、ということだ。

ファーレンは頭を振ってから答える。

「違いますよ。彼らはまだ神のもとに行くべき人たちではありません」

曇りのない澄みきった瞳で彼女は告げた。

ファーレンはアメジストの宝石のような瞳を怪物たちに向ける。

そして、慈愛の声をもって詠唱を始めた。

「聖女の力をもって、邪気を祓《はら》う——神の救済《ホーリー》」

ファーレンを中心として、白い光が球状に広がっていく。

光に触れた化け物たちの動きが停止した。直後、

「あが……ッ」

彼らは気を失い、その場に倒れた。

そして、化け物の体から黒いモヤが放たれ、白い光によって浄化される。

「すごい……」

シャロットが感嘆した。

化け物から人間の姿に戻った彼らは穏やかな表情で眠ったのだ。

広がっていた白い光はファーレンのもとに収束する。

ファーレンは、神に祈りを捧げるように両手を絡ませ黙祷した。

「今はどうか、安らかに」

様々な経験があったからこそ、今のファーレンがいる。

かつて、救えなかった人がいて、二度と同じ悲しみを味わわないようにと努力してきた。

その願いが神に届き、こうして生徒たちを救うことができた。

と、ファーレンは考えていた。

「すごいわね、ファーレン。どうも、ありがとう」

ファーレンがエミリアに微笑む。

その表情が聖母のように穏やかであり、同性であるにも関わらず、エミリアは思わず見惚《みと》れてし

まった。

エミリアはファーレンから視線を外すと、シャロットに話題を振る。

「それで、シャロット。魔石はどこにあるの？」

ファーレンのおかげで一時的に瘴気が晴れて、周りを見渡せるようになった。

しかし、結界術式に組み込まれているはずの魔石が見当たらない。

見当外れな場所に来たのではないか、とエミリアは不安を覚える。

「普通に考えれば、見つかりにくいところに魔石を設置するはずです。そうなると、おそらく、地面に埋めてありますね」

「確かに、そうね。土の中を探してみるわ」

エミリアは地面に手を当てた。

次に、体内での魔力操作。しかし、

「……うくっ」

その後に襲ってきた頭痛によって視界が揺らぐ。

彼女は今日の1日で魔力を消費し過ぎた。

先程の空中移動における魔力消費もあり、魔力が枯渇気味だ。

エミリアはポケットの中に手を入れ、自身の魔力が込められている橙色の魔石に触れた。

万が一魔力不足に陥ったときのために幾つか用意していたものだ。

だがまさか交流会パーティ中に、襲撃に遭うとは予想できず、ポケットには大小それぞれ1つずつの魔石しか入っていない。

ポケットの中から大きめの橙色魔石を取り出し、内包された魔力を自身の体に流し込む。

魔石を使った魔力制御は難しい。

カザリーナのように自由自在に魔石の魔力を扱える人間はごく一部。

魔石から供給される魔力と、もともと自分の中にある魔力を上手く混ぜ合わせるのに時間がかかる。

体が魔石の魔力を異物であると判断してしまい、拒絶するためだ。

だから、ゆっくりと魔力を体に染み込ませる必要がある。

次に、エミリアは土の中に魔力を流し込む。

魔力というのは、第六感でもある。

例えば、自身の魔力を霧状にして周囲に発生させたとする。

そのとき、自身が放出した魔力を通して、周囲の状況を鮮明に感じ取ることができる。

ただし、体外の魔力制御は非常に難しい。

エミリアは魔力操作に意識を集中させる。

土の中の至るところに魔力を巡らせていく。

それは木の根のごとく幹から枝に魔力を広げるかのよう。

「見つけた！」

明らかに魔力過多の部分があり、そこに魔石があると確信した。

エミリアは魔石が埋まっていると思われる箇所の真上に立った。

「この下にあるわ」

「それでは魔石を破壊しましょう。結界に使われるような魔石は壊れにくいので、なるべく強力な魔法をぶつける必要があります」

「そう、それなら3人で――」

――3人でやろう、と言おうとしたそのときだ。

エミリアは胸騒ぎを覚え、両脇にいた2人を真横に突き飛ばしていた。

直後、ゴゴゴッと大地が形を変え、土の鞭となった。

穂先のように尖った土の先端がエミリアの腹を貫いた。

「が……あっ」

エミリアは空に打ち上げられる。

さらに、鞭はエミリアを空中で弄《もてあそ》んだ後、勢いよく地面に落とした。

「……あぐ……ッ！」

エミリアは致命傷を負う。

ファーレンがすぐさまエミリアのもとに駆け寄る。

顔を土気色にしたエミリアに回復魔法をかけた。

「汝を癒やしたまえ――治癒！」

ファーレンの回復魔法はさすがだった。

重症を負っていたエミリアを瞬く間に回復させた。

「だ、だ、だ……大丈夫ですか？」

続いて、シャロットがエミリアのもとに近寄ってくる。

「大丈夫よ。一瞬死んだかと思ったけどね……」

貫かれたところが腹で良かった。

とエミリアは安堵する。

頭や胸を貫かれたら、即死だっただろう。

変貌した大地に目を向ける。

「………」

うねうねと動く鞭のような土柱が尖った先端をエミリアたちに向けている。

「あれはなんなの？」

「魔法陣の自己防衛機能が発動したんだと思います……」

「自己防衛……つまり、魔石を守るモノってわけか。厄介ね」

エミリアが呟いた直後、

「――――」

地面が盛り上がり、3つの土柱が出現。

その1つがエミリア目掛けて襲いかかってきた。

「風撃！」

エミリアの放った魔法が土柱を粉々に砕く。

「一気にケリをつける！　私が隙を作るから、シャロットとファーレンが魔石を破壊して」

「はい！」

「わかりました」

シャロットとファーレンがそれぞれ頷く。

土柱はまるで意思を持っているかのように蠢いている。

「行くわよ！」

とエミリアが言ったタイミングで、土柱も彼女らに狙いを定めて動き出した。

エミリアはポケットにある残り1つの魔石を握りしめた。

そして、魔石の魔力を体内に流し込む。

「う……っ」

魔力酔いによって目眩《めまい》と吐き気がした。

しかし、踏み込んだ足に力を込めることで耐えた。

彼女は両腕を前方に向け、

「火と風が合わさり、1つとなる！　爆炎の嵐！」

魔法を放った。

右手からは轟々《ごうごう》と燃える炎。

左手からは風の塊。

炎は右側の土柱を砕き、風の塊は左側の土柱を砕いた。
しかし、中央に最後の1つ、最も大きな土柱が残っていた。
それはエミリアの腹を貫いたモノでもある。
土柱がエミリアに迫る。しかし、
――ドカァァァァン
炎と風が両側から土柱を挟み込んだ。
2つの異なる属性が交わり、爆発を引き起こす。
土柱が崩れ去り、さらには爆発によって魔石がむき出しの状態になった。
「シャロット、ファーレン！　今よ！」
「聖なる槍《ホーリー・スピア》よ！　貫け！」
ファーレンの召喚した聖槍が魔石に向かって投擲される。
「大炎《たいえん》」
同時に、シャロットの腕から炎の柱が放たれた。
聖槍が炎を纏い、風を切って突き進む。
そして、穂先が魔石に直撃した。
直後――ドンッ。
大地が大きく揺れ動いた。
が、しかし。

「だめなようね……」
エミリアの呟きが結果を物語っていた。
学園街を覆っている結界が解ける様子がなかった。
地面が抉り取られ、魔石の全容が顕になっている。
どくどくと脈打つ心臓のような巨大魔石。
禍々しい魔石は、聖槍が当たったにも関わらず無傷だった。
その刹那、魔石はむき出しの状態から黄土色の殻に覆われた。
「……頑丈すぎよ」
エミリアが苦々しい表情をする。
3人の全力でも魔石を破壊するに至らなかった。
それどころか、魔石に傷をつけることすらできていない。
打つ手なし。
土の柱が再生し、しなやかな鞭となってエミリアたちに襲いかかる。
その瞬間だ。
——どぉぉぉん、と轟音が響き渡る。
「な……にが……」
呆然とエミリアが呟く。
彼女らに襲いかかってきた土の鞭は砕けていた。

と、次の瞬間。

「お待たせしました」

エミリアは振り返る。

そこには、カザリーナが立っていた。

そして、カザリーナの隣にはベルクがいた。

「どうして。ここに……？」

「あなたたちと同じ考えですよ。ここに結界の魔力供給源となる魔石があるのでしょう？」

「え……あっ、はい。そうです」

エミリアが頷く。

「あの黄土色の物体を壊せばいいのですか？」

カザリーナの問いかけに、シャロットが首を縦に振った。

「はい、あの中に巨大な魔石があります。それを壊せば結界が消失するはずです」

「わかりました」

とカザリーナは頷いてから、彼女は隣にいたベルクに視線を移す。

「ベルク君、私が外の殻を壊します。なので、魔石の破壊をお願いしてもいいですか？」

「任せてください」

ベルクが力強く頷く。

彼らが会話をしている間に、魔石は自身に敵意を抱く者たちを排除しようと動き出した。

複数の土柱が立つ。

そして、それらの尖った先端が彼らに襲いかかってきた。

カザリーナは手に持っていた魔石を砕き、黄土色の殻に向かって投擲する。

「炎爆せよ！」

魔石の破片が相互に作用し、ドォォンと爆ぜた。

それによって初等部訓練所の一帯が更地へと変わる。

エミリアはカザリーナの魔法の威力に目を丸くした。

カザリーナが先生として優秀だとエミリアも知っていたが、ここまでとは思わなかったのだ。

続けて、カザリーナは、

「――風穴」

魔法を放った。

一点に集中された風の一撃は黄土色の殻に直撃する。

ガリッと魔石を覆っていた殻の割れる音。

巨大な魔石が自身を傷つけられた憤りを表すかのように、大地を揺らした。

しかし――――直後。

「ハアァ――――！」

巨大な魔石に走り込んでいたベルクが剣を振った。

気合の籠もった一閃。

音を置き去りにする疾《はや》さ。
彼の剣が魔石を一刀両断した。
その直後、
――バリンッ
学園を覆っていた結界が砕け散った。
さらに、学園街の至るところから発生していた瘴気が消えてなくなった。

◇◇◇

俺は瘴気を吸収するナタリーを呆然と見ていた。

しかし、

――バリンッ
唐突に学園街を囲っていた結界が解け、同時に瘴気も消えた。

「あぐぅぁ……」

ナタリーがうめき声を上げた。

彼女は頼りにしていた供給源《しょうき》がなくなったせいか、まともに立つことさえできないでいた。

そんな中、

「もう終わりにしよう」

突如ユリアンが現れた。

そして、彼はナタリーに近づき、ふらつく彼女を抱きしめようとした。

それは兄妹の感動的な場面……ではない。

ぞくりとしたものが背筋を駆け上がる。

「火球――！」

俺は残っていた魔力を使い、ユリアンとナタリーの間に火球を放つ。

ユリアンは後ろに跳んだ後に、

「何をする？」

じろりと睨んできた。

「それは僕のセリフです。今、何をしようとしましたか？」

「ははは、何をするかって？　僕は自分の務めを果たそうとしただけだ」

「ナタリーは殺らせませんよ」

ユリアンは肩をすくめる。

「オーウェンがそれを言うのか？　君だってナタリーを殺そうとしたじゃないか」

「でも、それとこれとは……」

「違わないよ。何も違いやしない。君だってわかっているだろ？　これ以上の悲劇を起こす前に、彼女を殺すべきだってことぐらい」

「今のナタリーには何もできません。このまま拘束して……」

「拘束してどうするんだ？」

ユリアンが俺の言葉を遮る。

「彼女が暴れないという保証は？　人を殺さないという保証は？　ナタリーを殺人者にするなら、いっそのこと殺してしまった方がいいんじゃないか？　それが僕たちにとっても、彼女にとっても一番の方法だよ」

ユリアンが冷たい瞳の奥に激情を宿し、告げた。

俺たちの問答を他所《よそ》に、ナタリーがふらふらと歩き出す。

途中で、ばたんと倒れた。

俺は彼女のもとに寄り、抱きしめた。

「……うぅ、あー」

彼女はうめき声を上げながら、俺の顔を引っ掻いてくる。

「助けると誓ったんです」

ユリアンからの返答はない。

「助けさせてください。僕に彼女を救う機会をください」

「駄目だ。ここで処分する」

ユリアンが冷酷に言い放った。そして、

「邪魔だ、どいてくれ」

ユリアンは俺をナタリーから引き剥がした。

「……行かせません！」

俺はユリアンの足を掴んだ。

その間に、ナタリーが飛び上がって逃げた。

「災害をばら撒く気か？」

「ナタリーを守る気です」

「話にならないな。君はもっと賢いと思っていたよ」

ユリアンが俺の手を払い除《の》けた。

「賢くなくてもいい！　好きな人を救いたい。ただそれだけです」

「それこそ愚かな選択だよ。好きなら、好きでいられるうちに殺すべきだね」

「そう……ですか。わかりました」

俺はユリアンに右手の人差し指を向けた。

「それなら仕方ありません」

「僕を殺すか？」

「それしか方法がないのなら」

俺とユリアンの間に沈黙が訪れる。

だが、沈黙はすぐに破られることになった。

沈黙を破ったのは俺でも、ユリアンでも、ナタリーでもなかった。

「愛は……素晴らしいモノですね」

そこにいたのは、レン先生だった。

彼はナタリーの前に立っていた。

「しぶといね……今更、何をするつもりだ？　もう一度僕に殺されに来たのかな？」

「僕はもう二度も死んでいます。亡者の僕ができること……かつての願いを叶えに来ました」

レン先生はそう言うと同時にナタリーを抱き寄せた。

「何をするつもりだ！」

俺が叫び、同時にユリアンが動き出す。だが、それよりも早く、

「魂よ、常世の闇へ、汝よ、永久《とわ》の眠りへ」

レン先生がナタリーの耳元で呟いた。

その瞬間――ばたり、とナタリーが倒れた。

刹那、ナタリーの体から、もくもくと大量の黒い靄《もや》が出てきた。

靄はやがて女性の姿となり、レン先生に覆い被さった。

そして、艶めかしい笑みを浮かべ、レン先生に口づけをした。

すると、靄がレン先生の体に入り込んだ。

次の瞬間――。

「あぁぁぁぁぁぁ――ッ！」

レン先生が悲鳴を上げ、狂乱状態で体を掻きむしる。

血が飛び散った。激しく呼吸しながら、断末魔を上げ、嘔吐する。

あまりに無残なレン先生の姿に、俺は言葉を失った。

「私を……」

レン先生が俺を見た。

「……殺してくれ」

「わかりました」

俺は頷く。

薄情な人間だと、そう思われるかもしれない。

ナタリーの死を全力で拒んだ俺がレン先生に死をもたらす。

最低と罵《ののし》られようとも構わない。

人を殺すことに対する躊躇いは、随分前に捨てた。

これが俺の選択だ。

右手で銃の形を作り、人差し指の先をレン先生に向けた。

俺は残った魔力の全てを右腕に込める。

「さようなら、先生」

――どんっ、低い音が響く。

黒い弾がレン先生の眉間を貫いた。

「……ありがとう」

レン先生は最期に微笑み、仰向けになって倒れた。

エピローグ

レン・ノマールという男がいた。歴史には刻まれない、しがない男だ。

特別な才能を持たない。狂信的な思想を持っているわけでもない。

ちょっと魔法が使えるだけの普通の人間だ。

しかし、平凡な彼を待ち受けていたのは非凡な運命だった。彼は汚名を被りながらも、魔女の魂を道連れにした。ただ、そんなことはレンからすれば些細なことだった。

(今、そちらに向かいますね。ソフィー先生)

レンは穏やかな表情で、深い眠りについた。

彼が目覚めることは、もう二度とない。

◇◇◇

学園を襲った回帰集団。これは国を揺るがす大事件として刻まれ、人々を震撼《しんかん》させた。

被害は甚大であり、死者多数——死因のほとんどは瘴気による魔力暴走だ。

重傷者も多く、四肢欠損や魔法を一生使えない体になった者もいる。

幸いなことに、俺が親しくしていた人たちは軽症で済んだ。

今回の事件は、苦い経験として大勢の記憶に残るものとなった。

襲撃犯の顛末《てんまつ》はそれぞれ異なる。

ファラは幻術死刑という最も残酷な方法で処刑されることになった。

魔導団の情報を流し、テロリストの一員として学園を襲撃した罪は重い。

ちなみに幻術死刑とは、記憶の中、様々な方法で死を体感させられるというものだ。

幻術であるが、現実と同様に痛みを感じるらしく、その痛みは想像を絶するものとのこと。

幻術だから死ねず、死ねないことが苦痛となるのだ。

また、ファラの記憶の一部が魔法によって改ざんされていた。

消去された記憶の中に、回帰集団に繋がる手がかりがあったと思われる。

人斬りのジャックと黒帽子のレオン、そして、レン先生は死亡している。

モネは行方不明。トールの行方も知れず、彼ら姉弟はどこか遠くに逃げたのだろう。

俺はモネを逃したことを、後悔していない。彼女が捕まれば確実に死刑だっただろうから。

モネには生きていて欲しかった。だって、俺の友人だから。それが俺の純粋な思いだった。

「2人が幸せなことを、願っている」

遠くにいる2人の友人に向けて呟いた。

俺は事件の解決に大きく貢献したとして、実力を認められ、三ツ星に認定された。

これで一流の魔法使いになるという目標を達成できた。

しかし、三ツ星になったことで劇的に何かが変化するわけではなく。

重たい責任と偉ぶった肩書がついたぐらいだ。

それでも三ツ星としてできることはたくさんあり、得た肩書をどう使うかは自分次第。

世界を変えよう、なんて大きな夢は持たない。と言うより、俺は今の世界に満足している。

回帰主義者たちのように、どうしても変えたいモノがあるわけじゃない。

恵まれているんだろうな、と思った。

特に、人に恵まれた。俺を支えてくれた人たちのために恩返ししたい。

「セバス、調理長……。カザリーナ先生やクリス先生。学園で出会った友人たち。他にも、そうナタリーとか……」

ナタリーは何者かに体を乗っ取られていた。しかし、レオン以外は誰も殺していないことから、罪人として裁かれることはなかった。そこは運が良かったと言える。

もし大勢の人を殺していたら、どうなっていたかわからない。最悪、死罪も考えられた。

ナタリーは事件直後からしばらく忙しそうにしていた。

俺も同様に忙しく、ナタリーとは最近会えていなかった。

そして、今日。俺は久しぶりにナタリーに会うことになっている。

集合場所は学園街の正門。俺は時間の10分前に着いた。

そして待つこと数分、金髪碧眼の女性が現れた。

ナタリーだ。

「おまたせ」

「俺も今来たところだよ」

いつも通りの、だけど、久しぶりに見るナタリーの制服姿。

とんでもないハプニングのせいで交流会は中止。そして色々と追われるように日々が過ぎ、もうすぐ卒業だ。ナタリーのこんな姿を見る機会も、もうほとんど残されていない。

そう思うと、寂しくなってくる。楽しかった学園生活もそろそろ終わりなんだな、と。

「オーウェンと会うのも久しぶりね」

「あれからお互い忙しかったからな。体はもう大丈夫なのか？」

「ええ、目が覚めてからしばらくは辛かったけれど、今はなんともないわ」

申し訳ないことをした。俺が魔法で攻撃しまくったせいで、ナタリーは重症を負っていた。

あの後にファーレンが来てくれたおかげで、特に後遺症はないとのことだ。

しかし、相当な負荷が体にかかっていたのは事実。

それにファーレンの回復魔法も万能の力ではない。ナタリーはしばらく高熱を出していた。

「本当に、良かったよ」と、俺は笑う。

ナタリーがそっと目を伏せて呟いた。

「……ごめんなさい」

「どうして謝るんだ？」

「酷いことをしてしまったわ。オーウェンにも、みんなにも……」

「それは言わない約束だ。俺も、ナタリーに酷いことをした。たくさん傷つけた」

「あなたの場合は学園を守るためで……。オーウェンは何も悪くない」

「ナタリーだって、何も悪くない」

「でも……」

自己嫌悪に陥りそうなナタリー。険しい表情をされるのは嫌だな。

大変だったこととか、辛かったこととか、そういうのを全部忘れて。

今日は思いっきり楽しみたいんだよ。

だから、

「な……なにひゅんのひょ！」

俺はむにぃーっとナタリーの頬を引っ張った。

ナタリーがちょっと涙目になる。

「笑って」と、言ってから手を離した。

ナタリーは黙った。

「笑った顔で話そう。だって、今日はこんなにもいい天気なんだから」

空を見上げると、澄んだ碧が見える。それはナタリーの瞳と同じ色だ。

ふと、ナタリーの顔を見る。

目が合った。綺麗な瞳だ。

気がつけば、俺の口から想いが溢れていた。

「好きだ」

言った直後。ナタリーがぽかんとした目で俺を見てきた。

「好きだよ、ナタリー」

もう一度言う。俺の想いをきちんと伝えたかったから。

「と、突然……どど、ど……どうして……そんな重要なことを言うの？」

「今、好きだって気持ちを伝えたいと思った」

「………………」

ナタリーが顔を真っ赤にする。

俺は人生初の告白なのに、意外にも冷静だった。

彼女が慌てているから、かもしれない。他人が慌てていると、逆に自分が冷静になるって話があるけど。あれ、本当のことらしいな。

「返事は卒業式までに聞かせて。んじゃ、遊びに行こうか」

今日は王都を見て回ることになっている。

久しぶりのデートだ。俺が動き始めると、ナタリーがちょこんと俺の制服の袖を掴んだ。

「……待って」

ナタリーが顔を伏せながら言った。

彼女の耳が真っ赤だ。そういうところが、ほんとに可愛いと思う。

「どうした？」

ナタリーは小さく息を吸ってから、俺と目を合わせた。

「私も……好き。オーウェンのことが……好き」

ナタリーは恥ずかしそうに、けれども春の兆しを感じさせる朗らかな笑みで答えた。

「うん、そっか……。ありがとう」

こんなに嬉しい日はない。

生きていて良かったと思える。

まあ、一度死んだんだけどね。

それは些細な問題だな。色々と辛いことがあったけど。

それでも、転生して良かったと心の底から思える。

ぽかぽかと暖かくなりかけている季節、穏やかな日差しが俺たちを包み込んだ。

こうして俺とナタリーは新しい関係を築いた。


その後、俺たちは王都をぶらぶらと歩いた。

学園街の被害は大きかったけど、王都の方はほとんど被害がなかった。

「どこ行きたい?」

「……どこでも、いいわ」

一見すると、そっけない感じに見える回答だ。

でも、ナタリーの顔が赤いことから、

「照れてるんだろ」

ちょっとからかってみた。

「そ、そんなわけないでしょ！」

「へー、じゃあ、こうだ」

俺はぎゅっとナタリーの手を握った。

「きゃ……!?」

ナタリーが慌てる。けど、俺は手を離さない。

「いきなり、何するの！」

「嫌だったら、離すけど？」

「い……嫌じゃないけど」

「じゃあ、このまま歩こう」

「……わかったわ」

こういうナタリーの姿を見られるのも、いいな。

ナタリーは初心《うぶ》だな。まあ、そういう俺も似たような感じだけど……。

俺たちは手を繋ぎながら歩く。市場は喧騒に包まれていた。すると、途中で、

「あら、可愛いカップルね」

アクセサリー屋のお姉さんが声をかけてきた。褐色の肌をした、元気そうなお姉さんだ。

道の端にシートが敷かれ、その上に様々なアクセサリーが並べられている。露天のようだ。

「いいもの揃ってるよ。どうだい？　うちのを買っていかないかい？　女の子を綺麗にするのは、

紳士の務めよ」

そんなこと言われたら、買うしかないと思う。

「お姉さん、商売上手ですね」

「当然のことを言っただけよ。可愛い彼女さんにプレゼントしてあげたら」

「そうですね。僕の可愛い彼女にプレゼントをしなきゃ、ですね」と、俺が言うと。

ナタリーが、プシューッと音が聞こえるような勢いで顔を赤くした。

今日だけで、もう何度もナタリーの顔を赤くする姿を見てきた。

何度見ても、可愛いな。

「可愛い反応しちゃって。あたしにも、そういう頃があったわ」

と、お姉さんがナタリーをからかうように笑う。

そして、お姉さんはアクセサリーを1つ取った。

深紅色の指輪だ。ルビーのように鮮やかな輝きを放っている。

それをナタリーの指に嵌めた。

「うん、似合ってるわ」

ナタリーもまんざらでもなさそうな顔をしている。うーん、これは上手く乗せられたな。

お姉さんは俺の方を見てウィンクしてきた。あー、くそ。買うよ。

ということで、指輪を購入。思っていたよりも高かった。

露天に売られているから、もっと安いと思っていた。

まあ、でも。

「こういうのもいいよな」

俺はちらっとナタリーを見た。ナタリーの頬が緩み、喜んでいるのがわかる。

そんな彼女を見て、買って良かったなと素直に思った。

「ナタリーって赤色好きだったんだな」

「だって。赤って言えばオーウェンでしょ。好きになるのも当たり前じゃない」

そうナタリーが言った。

すると、次の瞬間。

あわわ、とナタリーが慌て始めた。彼女は自分の言葉に恥ずかしくなっているようだ。

でも、俺だって。

「不意打ちすぎるだろ……」

顔が赤くなっている実感がある。俺たちを見ていたお姉さんが、

「初々しいねぇ、もう見てるこっちが恥ずかしいぐらいだよ」と、呟いた。

俺とナタリーは顔を見合わせる。

そして、お互いの顔を見て、

「何よ、オーウェン。顔が真っ赤じゃない」

「ナタリーだって林檎《りんご》のような顔だぞ」

と、言って笑い合った。

あとがき

こんにちは、米津です。

読者の皆様、出版に携わってくださった皆様、書籍化を発表した際に応援してくださった皆様、本当にありがとうございます。

皆様のおかげで、無事、悪徳領主の三巻を出すことができました。

さて、今回はオーウェン以外の場面が多かったと感じたのではないでしょうか。

かくいう私も、三巻を書いている途中で、主人公以外の場面が多いな、と感じていました。

特に多かったのが、ベルクとエミリアではないでしょうか？

ぶっちゃけた話をしますと、僕が好きなキャラたちです。

というのも、２人とも、あまり派手なキャラではないからです。

ベルクは第三王子で見た目もキラキラしていて、一見すると派手なイメージですが。

実は凄い努力家で、一番泥臭いキャラです。

エミリアは器用貧乏で、他のキャラと比べるとパッとしないかもしれません。

個人的な思いですが、そういう不器用な２人だから、スポットライトを当てたく、つい熱が入ってしまったような気がします。

と、そういう経緯もあり、少し他の視点に力を入れすぎた気もしますが。

でも、やっぱり一番かっこいいのはオーウェンだな、と思います。

ちゃんと、ナタリーを幸せにしてあげてね、オーウェン。

なんてことを思ったりして。

最後にちょこっと2人のハッピーな姿を見られたので、私は大変満足です。

というわけで悪徳領主の三巻を読んでくださり、本当にありがとうございました。

三巻を刊行できたのも、多くの方の支えがあったおかげであり、皆様に感謝を申し上げます。

また、今回も素敵なイラストを描いてくださった児玉酉様、本当にありがとうございました。

BKブックス

悪徳領主の息子に転生!?

～楽しく魔法を学んでいたら、汚名を返上してました～ 3

2021年8月20日　初版第一刷発行

著　者　米津《よねづ》

イラストレーター　児玉酉《こだまゆう》

発行人　今 晴美

発行所　株式会社ぶんか社

〒102-8405　東京都千代田区一番町29-6

TEL 03-3222-5150（編集部）

TEL 03-3222-5115（出版営業部）

www.bunkasha.co.jp

装　丁　AFTERGLOW

編　集　株式会社 パルプライド

印刷所　大日本印刷株式会社

ISBN978-4-8211-4603-1